Rencontres absurdes avec la mort

I0547738

Isabelle Bouvier

ISBN : 978-2-9543416-8-2
EA : 9782954341682

Ce recueil est précédemment paru
chez Amers éditions
sous le titre Punaises
et le N°ISBN : 2-84816-004-7

À Paula

Table des matières

POST-MORTEM

- 1 -

Elle s'éveilla progressivement, totalement désorientée. Ouvrant ses yeux péniblement, elle porta son regard tout naturellement vers le plafond curieusement situé à une quinzaine de centimètres de son visage et paraissant capitonné de soie blanche. Elle se souleva étonnée et surgit à l'air libre : une main était tendue vers elle pour l'aider à se redresser. Malgré la luminosité intense qui régnait autour d'elle, elle ne fut pas éblouie. Elle ne comprenait pas ce qu'elle faisait là, prés de cette tombe en marbre, dans ce lieu qui était sans nul doute possible, un cimetière. Cette dernière constatation la plongea dans la stupéfaction la plus totale.

Affolée, elle s'adressa à l'homme qui se tenait face à elle, celui qui lui avait tendu la main, et lui demanda :

– Mais où suis-je ? Qui êtes-vous ? Que se passe-t-il ?

– Calmez-vous ! ordonna l'homme habillé d'une chemise à carreaux rouges. Deux autres hommes, près de lui, souriaient à la jeune femme. L'un d'eux prit la parole :

– Nous sommes le comité d'accueil du... Cimetière... Je suis Jacques Fayard...

– Le QUOI ? Cria-t-elle tout en lançant des regards paniqués vers les tombes autour d'elle.

– Vous êtes morte, voici trois jours, d'après la date inscrite sur votre tombe. Nous attendions votre... Comment dire... Réveil ! ajouta Jacques.

Elle fit volte-face et découvrit avec horreur une tombe neuve qui portait son nom.

La femme aurait dû s'évanouir mais apparemment, cette possibilité ne lui était pas offerte, alors elle s'installa sur sa tombe, tentant de réfléchir et de se souvenir.

Un des autres hommes se présenta :

– Je suis Marc Vincent, ancien plombier, et voici Philippe Maurin, ex-chômeur et alcoolique...

– Alcoolique ! Eh ! Ce n'était pas la peine de lui dire immédiatement, t'exagères quand même ! s'exclama Philippe choqué par l'attitude de Marc.

– Je t'en prie ! dit Jacques, Marc a eu raison de faire les présentations, ça rompt la glace...

– D'ailleurs, elle n'a pas l'air de nous écouter, regardez sa tête... Philippe pointa son doigt en direction de la jeune femme écroulée sur sa tombe. Les trois individus l'observèrent en silence.

– Je vous écoute ! dit-elle, énervée, j'essaie juste de réaliser..., elle faisait entrer et sortir sa main au travers de la pierre tombale où était inscrit son nom, Haveneau, et prénom, Chantal et les dates « 1960-1999 » ... Trente-neuf courtes années sur terre.

– De quoi êtes-vous décédée, si ce n'est pas indiscret ? demanda Jacques.

– Je l'ignore !

– C'est bizarre... En général on s'en souvient, expliqua Philippe, moi, par exemple, c'est l'alcool qui m'a tué, accident de voiture... Heureusement, j'étais seul. Mes gosses étaient chez leur mère.

– Ouais et moi, trois ans avant la retraite, infarctus du myocarde ! raconta Marc. Classique... Enfin, à mon age, je veux dire...

En effet, le fantôme paraissait la soixantaine, grand et d'une corpulence impressionnante.

– Et vous, c'était quoi ? Questionna la jeune femme en regardant Jacques.

– Une espèce de suicide... Dans ma maison de campagne, un week-end de déprime...

– Il plaisante ! Son espèce de suicide comme il dit, c'est une balle entre les deux yeux, à cause de la faillite de son entreprise de bâtiment ! Exposa Philippe.

– Désolée...

– Ne le soyez pas, tout ça c'est du passé maintenant, assura Jacques, bon, pour vous donc mystère...

– Ben oui, je ne me rappelle pas... dit-elle sur un ton d'excuse.

Les trois revenants vinrent s'asseoir à ses côtés, sur sa tombe. Observant le gardien du cimetière qui ouvrait les portes, Philippe s'exclama :

– Tiens, c'est l'heure des visites, déjà huit heures !

– Le temps passe vite... Ajouta Jacques.

– Heureusement ! Ou on s'emmerderait ferme, les gars ! dit Marc en éclatant de rire. Ils rirent tous de sa blague, tous, excepté Chantal. Elle était perturbée par ce qui lui arrivait. Elle venait d'apprendre qu'elle était morte, d'une cause indéterminée, et cela à trente-neuf ans, ce qui faisait beaucoup d'un seul coup !

– Pourquoi un comité d'accueil ? demanda-t-elle curieuse.

– Eh bien... commença Jacques qui semblait être le porte-parole désigné, nous avons décidé d'accueillir les nouveaux venus, plutôt que d'errer seuls, de part le monde.

– Errer ? Comme des âmes en peine ?

– Euh ! Ça c'est un cliché des vivants. Disons que, les morts qui sont mécontents de leurs sorts, ont plus de mal à intégrer un niveau supérieur, qui permet, paraît-il, une réincarnation. Les mécontents comme nous, fit-il en désignant ses compères et lui-même, restent sur terre, soit à voyager un peu partout, où bon leur semble, soit à stagner auprès de leur famille. Pour notre part, nous avons choisi de créer un comité d'accueil de qualité dans ce cimetière...

– Jacques vous parle de réincarnation, dit Marc, mais nous ne sommes pas sûrs que cela soit possible...

– Non, reprit Philippe, pas sûr...

– Nous avons échafaudé cette théorie grâce à l'étude approfondie de ce cimetière et de ses locataires ! exposa Jacques fièrement.

– Mouais, une théorie, comme tu le dis ! rétorqua Marc.

– Et cette étude repose sur quoi ? demanda Chantal visiblement intéressée.

– Il y a des cas de décès où nous n'observons aucune apparition fantomatique, donc il nous semble que si le mort ne sort pas de son trou, eh bien... C'est qu'il est parti ailleurs, logique, non ? fit Jacques.

– Jacques a sûrement raison. D'ailleurs qui voudrait rester dans une tombe sombre, où il n'y a rien à faire, pendant une éternité ?

– Intéressant... Enfin, cela ne résout pas mon problème... Je ne sais toujours pas de quoi je suis morte !

– On va chercher, et percer le mystère ! annonça Marc.

– Super ! lança Philippe, ce sera comme faire une enquête policière !

– Enfin de l'action ! Alléluia ! fit Jacques en dansant autour de la tombe de Chantal.

Une fois l'excitation retombée, les quatre fantômes contemplèrent mollement, le gardien qui allait et venait dans les allées. Celui-ci vérifiait l'état des sépultures, tandis que des visiteurs commençaient à affluer.

– Vous savez quoi ? Je viens d'avoir une idée géniale ! proclama Marc.

– Pour une fois ! dit Jacques ironique.

– Il tient la forme aujourd'hui ! ajouta Philippe.

– Moquez-vous ! Écoutez plutôt : le week-end prochain c'est la Toussaint, donc il va y avoir énormément de visites, comme chaque année..

– Oui, et alors ? demanda Jacques qui ne voyait pas où il voulait en venir.

– Les personnes qui vont se rendre sur la tombe de Chantal vont parler... On apprendra peut-être des choses !

– C'est vrai, Marc a raison. Si on écoute les conversations, on aura sûrement des détails sur les circonstances de votre mort, expliqua Philippe à Chantal.

– C'est une bonne idée... Cela ne coûte rien de s'asseoir là, et d'écouter. Dans tous les cas, si je n'apprends rien à cette occasion et bien, j'irai à mon domicile ou chez ma sœur et mon beau-frère... Enfin je ne sais pas... Commençons notre enquête par-là.

– Adjugé ! Proclama Jacques tapant une stèle de son poing immatériel.

- 2 -

Après une attente qui leur sembla durer des siècles, ce fut enfin le week-end de la Toussaint. Les enquêteurs se postèrent autour de la tombe de Chantal pour attendre l'arrivée des visiteurs.

Le cimetière ne désemplissait pas. Les gens déambulaient entre les tombeaux, portant dans leurs bras de grands pots de fleurs, des chrysanthèmes pour la plupart.

– Toujours des chrysanthèmes ! C'est d'un lassant, je vous jure ! dit Jacques rouspétant.

– T'as raison, à croire qu'il n'y a qu'une seule sorte de fleurs en cette saison, ajouta Philippe.

– C'est parce que ce sont des fleurs robustes, qui tiennent plus longtemps, expliqua Marc d'un air très renseigné.

– On s'en fout que cela tienne longtemps ! On est là pour l'éternité ! Les gens devraient comprendre qu'il nous faut un peu de variété, de changement ! fit Jacques excédé.

– J'aime bien, moi, les chrysanthèmes, c'est joli ! dit Chantal.

– Ah ! Les femmes... soupira Philippe, même la mort ne peut les changer !"

– Bon, c'est pas que je sois pressé, mais ils arrivent vos visiteurs ? demanda Jacques qui s'impatientait.

– Quel fichu caractère ! Étonnant que vous vous soyez suicidé ! dit Chantal.

– Au contraire, tout m'énervait... Je ne me supportais plus moi-même ! fit-il en souriant.

– Non, mais Jacques a raison, c'est le milieu de l'après-midi et personne n'est venu pour vous, c'est étrange... dit Marc.

– Ouais ! Même pour moi, ils sont venus. Un alcoolique qui leur a causé beaucoup de soucis, et tout, et tout... déclara Philippe satisfait.

– Vous avez dû faire quelque chose de grave... insinua Marc soupçonneux.

– Grave ! Comment ça grave ? Chantal avait un air catastrophé. Elle surveillait le portail du cimetière, espérant voir apparaître un visage familier.

– Je ne sais pas, répondit Marc, un truc qui fout la honte à toute une famille, au point de ne pas venir au cimetière.

– Mais j'ai rien fait moi ! se défendit Chantal, j'étais une petite employée de banque, célibataire, sans enfants...

– Quelle vie de chien, quand on y pense ! dit Marc en la regardant avec pitié.

– C'est un truc à se foutre en l'air... fit Jacques le suicidaire.

– Mais non ! J'aimais bien ma vie... leur rétorqua-t-elle pourtant inquiète.

– Combien de personnes seraient susceptibles de vous apporter des fleurs ? demanda Philippe.

– Vos parents ? Votre sœur, des amis, des collègues ? continua Jacques.

– Mes parents sont morts... Des amis, j'en ai peu, avoua-t-elle honteuse, ma sœur et mes collègues viendraient peut-être, ceux de la banque...

– Bon ! Donc, il y a quand même des gens susceptibles de venir. Attendons encore, conclut Marc.

– De toute façon, on n'a rien d'autre de prévu aujourd'hui, ajouta Jacques.

– Personne de mort ces derniers temps...

– Une saison très calme, je trouve... Hein ! Les copains ? plaisanta Philippe.

– Ouais ! répondirent les deux autres, mortellement calme."

- 3 -

Une heure plus tard, ils remarquèrent un homme brun d'une quarantaine d'années marchant dans leur direction, tenant un beau bouquet de roses. Son costume gris accentuait la tristesse qui émanait de sa personne.

Grand, élancé, presque maigre. On eut dit en voyant ses épaules affaissées que porter le bouquet lui causait un réel effort. Son regard noir, intense, révélait une détermination à toute épreuve.

– Il est pour vous celui-ci ? demanda Marc à Chantal.

– C'est qui ? demanda Jacques tandis que l'étrange visiteur déposait les roses sur la tombe.

– Un collègue de la banque... Nous nous fréquentions ces derniers temps... Cela devenait sérieux entre nous, je l'aimais... Beaucoup."

– Pas mal ! Une certaine classe, vous ne trouvez pas les mecs ? demanda Jacques.

– Oui, il a l'air d'un type bien, répondit Philippe.

– Bof ! Je trouve qu'il a une tête de croque-mort, fit Marc.

– Mais non, c'est le costume qui fait cette impression... Et puis, dans les banques, ce sont pas des rigolos ! expliqua Philippe.

– Ça c'est faux, il a beaucoup d'humour... Le lieu ne se prête pas à... Chantal hésita à poursuivre.

– Le problème c'est qu'il est seul. Nous qui devions écouter une éventuelle conversation ! dit Jacques.

– C'est sûr que ça n'arrange pas nos affaires, renchérit Marc.

L'homme au complet gris avait posé sa main sur la tombe et la contemplait avec tristesse. Il semblait être très ému, essuyant même une larme du revers de sa main.

– Il a l'air malheureux... dit Chantal.

– Très affecté par votre départ, cela console, non ? demanda Marc.

– Même pas ! fit-elle, si j'avais su qu'il tenait autant à moi, je l'aurai épousé depuis longtemps...

– Et oui... On en comprend des choses, après... dit Jacques.

– Il ne parle pas... Tenez ! Regardez là-bas, une femme et un homme lui font signe.

– Oh ! s'écria Chantal surprise, c'est ma sœur et son mari.

– Ils n'ont pas de fleurs ! remarqua Marc visiblement choqué.

– C'est pas grave, répondit Chantal, je suis contente de les voir malgré tout.

– Taisez-vous ! ordonna Jacques, écoutons leur conversation.

La sœur de Chantal puis son époux, serrèrent la main de l'homme au costume gris :

– Monsieur Vidal ! Quel plaisir de vous rencontrer, là, dit la sœur d'un ton mielleux.

– Bonjour Monsieur et Madame Grosjean... Je suis venu apporter ces quelques fleurs à Chantal.

– C'est gentil... Elle aurait beaucoup aimé ces roses, n'est-ce pas chéri ? Demanda la sœur à son époux.

– Sûrement...

– La mort de Chantal m'a beaucoup affecté... Nous étions devenus si proches.

– Oui, elle nous en avait parlé. Au point, que mon mari et moi-même, nous pensions que vous alliez peut-être vous marier !

– Oui, cela aurait pu finir ainsi, mais... Vidal ravala un sanglot.

– Et oui, qui peut dire de quoi demain sera fait ! fit Grosjean.

– Ma sœur nous faisait beaucoup de compliments à votre sujet.

– Ironie, je ne comprends pas ? demanda Vidal.

– Le jour où ma sœur est morte dans cet accident de voiture...

Tout le comité d'accueil s'écria : « Accident de voiture ! Et ben, voilà ! On l'a, la cause du décès ! »

– ... Nous venions de lui apprendre que nous avions gagné au loto !

– Le loto ! répéta Vidal estomaqué.

– Oui, nous sommes encore sous le choc... Une si grosse somme... Cinquante-quatre millions de francs ! Vous rendez-vous compte ?

– Chantal, nous avait conseillés de venir vous voir, pour d'éventuels placements... ajouta Grosjean.

– Oui, bien sûr... bredouilla Vidal encore sous le coup de l'émotion, je vous recevrai à mon bureau, dès que possible... Rendre service à la sœur de Chantal, sera comme si je lui rendais à elle...

Le comité d'accueil écoutait avec beaucoup d'attention le récit du couple Grosjean. Chantal, figée de stupeur par cette nouvelle, fixait sa stèle et répétait inlassablement"Le loto... Le loto..."Jacques qui l'observait depuis quelques minutes, se résolut à la questionner :

– Chantal, que se passe-t-il ? Vous semblez au bord des larmes...

– Je le suis, même si elles ne peuvent plus couler... Je viens d'avoir le cœur brisé...

– Mais pourquoi ? demanda Philippe.

– Parce que je viens de me souvenir...

Le trio devant la tombe continuait de bavarder à propos des meilleurs investissements, des sicav, des actions recommandées.

– Quel dommage que Chantal soit partie ! dit l'homme au costume gris.

– Oui, c'est triste, fit la sœur en sortant un mouchoir de sa poche.

– C'est la vie, ajouta le mari philosophe.

– Un accident aussi bête... Tomber d'une falaise, en ayant raté un virage, précisa la sœur essuyant une larme solitaire sur sa joue.

– Dangereux ce virage, surtout lorsque l'on conduit après avoir bu... ajouta le mari.

– On avait trop arrosé le loto... termina la sœur.

Le comité des fantômes n'écoutait plus les vivants, mais le récit de Chantal, dont les souvenirs venaient de remonter à la surface.

– J'avais trop bu, ce soir-là... champagne, gin, cognac... Mon beau-frère avait sorti toutes ses meilleures bouteilles. Ma sœur me servait, encore et encore. Me répétant « une telle occasion, Chantal, ça s'arrose ! » je n'ai jamais repris ma voiture...

– Mais vous êtes morte en faisant un plongeon de la falaise avec votre voiture, non ? demanda Jacques qui n'y comprenait plus rien.

– Oui, mais je ne conduisais pas...

– Il y avait quelqu'un avec vous ce soir-là ? interrogea Philippe.

– Non, j'étais seule.

– Expliquez ! On n'y comprend rien ! dit Marc qui s'impatientait.

– C'est pourtant simple... soir-là là, vers vingt-deux heures, j'étais venue chez ma sœur et son mari leur annoncer que je venais de gagner cinquante-quatre millions au tirage du loto. De plus, j'avais décidé d'épouser mon collègue, Monsieur Vidal. Ils ont eu l'air content pour moi...

– Je crois deviner la fin de votre histoire, dit Jacques.

– Votre sœur et son mari ont décidé de vous supprimer pour garder la totalité du gain au loto. Ils ont dû penser que si vous vous marriez avec Vidal, tout serait perdu pour eux. En se débarrassant de vous immédiatement, ils conservaient tout.

– Mais comment ? demanda Philippe.

– Ils ont poussé la voiture du haut de la falaise alors qu'assise au volant, Chantal était ivre morte. Auparavant, ils avaient pris soin de récupérer le billet de loto et ont empoché le gain à leur nom. Ni vu, ni connu ! termina Jacques.

– En plus, il n'y a aucune preuve contre eux ! s'indigna Marc.

– Ils sont malins, ces deux là ! s'exclama Philippe.

– Très malins... répéta Chantal, écœurée.

– Et quand on dit que le crime ne paie pas !

- 4 -

Après le départ du couple Grosjean, Vidal resta seul près de la tombe.

Accroupi près de la stèle, il chuchota :

– Chantal... J'ai tout de suite compris qu'ils t'avaient assassinée ! Je te promets que ce crime ne restera pas impuni !

– De quoi parle-t-il ? demanda Jacques.

– Je ne sais pas... répondit Chantal.

– Ils ne savent pas que j'ai deux preuves contre eux... On les fera avouer, tu verras !

– De quelles preuves s'agit-il ? questionna Philippe.

– Je l'ignore, il faut croire qu'il a trouvé quelque chose... Tenez ! Écoutez, il m'explique...

– Chantal, ils ne savent pas que nous avons acheté ce billet ensemble lors de notre week-end à Deauville, alors que ton beau-frère et ta sœur se trouvaient au mariage de leurs amis comme témoins... à des centaines de kilomètres de Deauville...

– C'est génial ! s'exclama Jacques, il va pouvoir faire ouvrir une enquête.

– Vous croyez que cela peut suffire ? demanda Chantal.

– Faut voir... dit Philippe.

– Ma chérie, tu verras, ça va marcher... En plus, j'ai l'enregistrement sur mon répondeur téléphonique... Celui où tu dis que tu as gagné... Rappelle-toi, tu m'as téléphoné de ton portable, tu riais en me récitant par cœur les numéros qui étaient sortis... À la fin, tu as dis : je suis devant chez ma sœur, je vais leur annoncer la bonne nouvelle, je dormirai sûrement chez eux ce soir, ma voiture est en panne d'essence...

SILENCE DE MORT

La voisine de Mademoiselle Floche était très bruyante, trop bruyante.

Or, Mademoiselle Floche ne supportait pas le bruit. Chez elle, le dégoût du bruit était une obsession. Au point, qu'elle guettait avec angoisse, les hurlements des chiens, les vrombissements des voitures, les klaxons, les pas lourds de la voisine...

Celle-ci, Madame Turpin était une femme des plus détestables. Elle ne possédait aucun respect pour les autres. Elle se fichait que ses paroles ou bien ses actes puissent blesser, elle ne vivait que par et pour elle-même. Bien sûr, elle ne se souciait pas du bruit qu'elle pouvait faire dans son appartement.

« Je suis chez moi ! » Hurlait-elle souvent. « Je fais ce que je veux dans mon appartement ! »

Ce genre de discours désespérait Mademoiselle Floche. Elle avait tenté par tous les moyens de faire comprendre à Madame Turpin que le tapage qu'elle produisait était une véritable torture pour elle.

Le va-et-vient de ses pas au-dessus de sa tête, sa façon de claquer les portes, ses cris lorsqu'elle se disputait avec son petit ami, la sonnerie du téléphone réglée à son maximum, les séances de Karaoké...

Tous ces sons agressifs résonnaient dans la tête de Mademoiselle Floche. Et peu à peu, la pauvre vieille en perdait la raison. Elle sursautait au moindre cliquetis, au moindre coup dans les murs. N'ayant trouvé aucun moyen raisonnable de régler la question, Mademoiselle Floche décida tout bonnement de se débarrasser de la source du vacarme provenant de l'étage supérieur.

Tous les soirs, couchée dans son petit lit de jeune fille, Mademoiselle Floche réfléchissait au meilleur moyen de supprimer sa voisine.

Étant d'une santé délicate, elle ne pouvait s'en prendre à Madame Turpin dans un corps à corps : L'autre était une femme robuste, voire massive. De plus Madame Turpin avait un caractère très agressif... Elle aurait pu la blesser !

Non ! Il n'était pas question pour Mademoiselle Floche de risquer de se retrouver à l'hôpital.

Elle songea au poison, traditionnellement utilisé par les femmes dans ce genre d'occasion. Cependant n'ayant aucune connaissance en la matière, elle abandonna vite cette idée.

La mort par électrocution était un concept séduisant, seulement il lui faudrait bricoler l'installation électrique de sa voisine ce qui lui sembla réflexion faite, trop compliqué... Peut-être le gaz, non, mauvaise idée, songea-t-elle, je vis juste en dessous.

Les jours passaient, Mademoiselle Floche désespérait de trouver la bonne technique pour exterminer « La Turpin » comme elle l'appelait à présent.

De son côté, la voisine s'en donnait à cœur joie. Invitant de plus en plus fréquemment des amis aussi peu discrets qu'elle.

Alors Mademoiselle Floche lasse de réfléchir, passa à l'action et tenta « la chute dans l'escalier ».

Madame Turpin comme tous les matins, sortit sur son pallier à sept heures trente, afin de se rendre sur son lieu de travail. Elle avait dans les mains son sac et son manteau. Elle claqua la porte de son domicile, comme tous les matins, et donna deux tours de clef. Elle tenta d'allumer le couloir, en vain. Descendit les marches en marbre en faisant claquer ses talons, comme tous les matins... Mademoiselle Floche s'était dissimulée dans le recoin de l'escalier un peu plus bas, attendant pour faire le croche-pied fatal. Soudain un cri retentit ; Un rugissement plutôt : « Oh ! Merde ! » Puis s'ensuivit, le bruit d'une dégringolade, et enfin un grand « Boum » et puis plus rien...

Le lendemain dans le journal, on pouvait lire sous la rubrique faits-divers :

« Mademoiselle Floche Eugénie est décédée hier matin des suites d'un accident survenu dans son immeuble. La pauvre malheureuse se trouvait dans l'escalier, dans le noir, lorsque sa voisine Madame Turpin est malencontreusement tombée sur elle, l'écrasant de tout son poids. La chute de Madame Turpin a été causée par l'absence d'éclairage. Celle-ci s'en est plainte bruyamment auprès du concierge alors que les secours arrivaient... »

DOUCHE ECOSSAISE

La nuit tombait, sur ce jeudi pluvieux de novembre. Gaston Dupré se faufila entre les voitures, guettant tel un oiseau de proie, sa victime. Tiens ! La voilà ! La petite dame voûtée qui portait son lourd panier à provisions. Une vieille femme d'environ soixante-dix ans, les cheveux gris coupés très courts. Un visage long et maigre, des lèvres fines et pincées, l'air revêche. Elle marchait à pas lents vers son domicile. Un banal petit pavillon de banlieue. Grisâtre, aux volets défraîchis. Elle poussa le petit portail noir, et entra dans le jardinet. Deux tours de clef. Elle était entrée, alluma la lumière, referma sa porte.

C'est ce jour-là que tout a recommencé.

Gaston embusqué derrière un arbre, la vit aller et venir dans sa cuisine. Elle doit déballer ses courses, songea-t-il.

Personne dans la rue. Personne pour voir ce grand bonhomme étrange, caché comme un voleur. D'ailleurs, même s'il y avait eu quelqu'un, nul ne l'aurait remarqué. Il avait toujours eu le don, ou le malheur, de passer inaperçu...

Un homme d'une cinquantaine d'années est assis sur un banc, dans le parc.

Il regarde les enfants qui jouent prés des balançoires. Ils rient, ils courent, insouciants.

L'homme était vêtu d'un pardessus gris, d'un jean délavé, usé jusqu'à la corde. Ses cheveux drus étaient en désordre, sa barbe mal taillée. Dans sa main gauche, il tenait un bouquet de fleurs, un peu flétries. Ses petits yeux, noirs et froids, fixaient la maison de la vieille dame.

Elle est seule, pensa-t-il, je peux y aller.

Il traversa la rue, sans se presser, comme s'il glissait sur le bitume, pâle apparition dans l'obscurité naissante.

Il se dirigea vers le petit portail qu'il ouvrit sans mal. Pénétrant silencieusement dans le jardinet, il s'attarda presque malgré lui parmi les herbes folles. Dans l'abandon le plus total, au milieu des plantes entremêlées comme des cheveux sales, il remarqua un petit rosier, malingre, qui tentait de survivre.

Soudain, l'un d'eux, un petit garçon blond tombe à plat ventre. Sa mère en voyant sa chute, grimace de douleur.

Il s'est égratigné les genoux. Il pleure. Sa mère accoure et le prend dans ses bras. Elle le réconforte, lui chuchote des mots tendres à l'oreille.

Adossé contre la façade grisâtre, il fuma une cigarette, calmement.

Il avança sur le perron. Sur la porte dont la peinture était écaillée, il frappa trois coups forts et réguliers. Il écouta, se concentra, retint sa respiration, enfin il entendit des petits pas traînants qui s'approchaient de la porte d'entrée, puis une voix sèche comme du vieux bois :

– Oui ? Qui est-ce ?

– La mairie, Madame !

– À cette heure ! C'est pourquoi ?

– C'est à propos du cimetière... La tombe de votre mari...

– Hein ! Bon, j'ouvre, attendez...

Il entendit la clef jouer dans la serrure puis la dame entrouvrit prudemment sa porte.

Elle lança un coup d'œil méfiant, demanda curieuse :

– Il y a un problème avec le cimetière ?

– Oui, un voisin a retrouvé la tombe de votre époux saccagée, les pots de fleurs renversés... Tenez, je vous ai rapporté le bouquet, ils ne l'ont pas abîmé, il tendait en effet, un bouquet de fleurs presque fanées mais intact...

– Oh ! C'est inadmissible ! N'y a-t-il donc pas de service de gardiennage dans ce fichu cimetière !

s'écria-t-elle en colère en lui retirant brusquement le bouquet des mains.

– Non, plus maintenant, cela coûtait trop cher à la mairie, expliqua-t-il très sûr de lui.

– Mouais, je vois... fit-elle satisfaite de la réponse, bon, hé bien merci de m'avoir avertie, j'irai nettoyer les dégâts demain... Pauvre joseph ! Heureusement qu'il ne peut pas voir ça !

– Oui. « Approuva l'homme. » Heureusement...

L'enfant cesse de sangloter, essuie ses larmes. Elle le repose à terre, lui caresse tendrement la tête. Le petit lève les yeux vers elle, sourit enfin. Il retourne jouer en sautillant comme si rien ne s'était passé...

– Encore des jeunes qui ont dû faire le coup ! Des bons à rien ! Un ramassis de feignants, voilà ce que je dis toujours ! Si les parents étaient un peu plus fermes... Une bonne claque, un bon coup de pied au cul ! Voilà, ce qui manque à la jeunesse d'aujourd'hui ! De mon temps...

Elle ne termina pas sa phrase, l'homme l'avait saisie brutalement par le cou et repoussée en arrière. Elle tomba à la renverse sur le carrelage froid, son regard croisa un bref instant celui de l'homme. Elle eut peur immédiatement. Gaston Dupré referma la porte derrière lui, sans bruit, presque délicatement.

La femme tenta de se lever en vain et ne put réprimer un gémissement de douleur.

– Vous m'avez cassé la jambe !

– Je suis désolé... fit-il en esquissant un sourire.

– Désolé ! Hurla-t-elle, vous êtes fou ! Que voulez-vous à la fin ! Je n'ai pas d'argent à la maison... Je vais appeler la police ! menaça-t-elle.

Elle entreprit de se traîner vers le téléphone posé à quelques mètres seulement mais chaque mouvement lui arrachait un cri.

– Mais non, mais non... répéta-t-il d'un ton apaisant, vous ne pouvez pas appeler, je vous interdis d'approcher de ce téléphone. Ne criez pas non plus ou je vais devenir très méchant.

Le ton de l'homme était posé, il ne semblait pas inquiet. Il paraissait étrangement serein, paisible.

La petite vieille le regarda effarée, elle ne comprenait pas.

L'homme spectateur de cette scène, déplie son grand corps décharné, se lève, s'éloigne du banc. Il ne peut faire comme si rien ne s'était passé.

L'homme l'observa d'un œil critique et dit :

– Vous n'étiez pas plus grande, avant ?

– Avant ? Avant quoi ? Elle massait vigoureusement sa jambe blessée.

– Ben ! Je veux dire, il y a quelques années !

– Et alors ? Je me suis tassée avec l'age !

– Non, rien... il s'approcha de sa victime, lui ôta ses lourdes lunettes tout en lui saisissant le menton fermement. Elle se raidit. Il approcha son visage fripé du sien, le détailla puis soupira. Enfin il la souleva à bout de bras comme un petit paquet.

La vieille femme se débattit en vain. Il appuya son doigt sur ses lèvres chiffonnées et lui fit « chut ! » Doucement. Alors, elle se calma, presque résignée. Elle le trouvait terriblement grand et fort même s'il était plutôt maigre. Une certaine force se dégageait de lui... Sans ses lunettes, elle ne pouvait voir le regard froid et déterminé de son agresseur mais ressentit une sorte de volonté tranquille qui émanait de lui. Cette sensation la terrifia au point de la réduire à la passivité.

L'homme se dirigea à grandes enjambées vers la salle de bain, déposa sa victime dans la baignoire. Elle posa des questions : « mais que faites-vous ?... Vous êtes fou ! ». Il ne prit même pas la peine de répondre, à quoi bon, pensait-il.

Il ouvrit le robinet d'eau froide tout en l'immobilisant dans le fond de la baignoire, puis l'aspergea violemment.

L'eau glacée la saisit. Elle vociféra : « c'est froid, arrêtez ! » Elle lui donna des coups de poings. Rien n'y fit, il continua.

La douceur de cette mère ravive sa mémoire endolorie.

Trempée jusqu'aux os, elle grelottait, claquait des dents. Elle se recroquevilla au fond de la baignoire comme un petit animal pris au piège. Elle souffrait de sa jambe qui était probablement cassée.

– C'est glacial, non ? Pas très agréable comme sensation... il frissonna dans son fors intérieur.

Il l'empoigna par les cheveux et la força à se lever, l'empêchant de glisser. Soudain, il la frappa au visage tout en hurlant :

– Il n'y a que comme ça, que tu peux comprendre ! Qu'avec les coups et une bonne douche glacée !

Il la battait encore, et encore, lorsqu'elle perdit connaissance.

Il quitte le parc à pas lents, émerge dans une avenue bruyante. Il grimpe dans un bus qui doit le déposer à la gare, direction banlieue Est de Paris.

Elle se réveilla dans l'obscurité totale. Instantanément, la douleur réapparût. Elle pleurnicha en faisant la grimace. Elle ne pouvait pas bouger, l'espace était trop réduit. Elle tâta autour d'elle, se demandant où elle se trouvait. Elle renifla une odeur désagréable. Une odeur de rance, de moisi... De vieux cuir... « Le placard à chaussures ! » Réalisa-t-elle tandis qu'elle attrapait de sa main gauche un vieux mocassin.

Séquestrée dans le réduit où elle rangeait habituellement ses chaussures, elle appela plusieurs fois à l'aide mais aucune réponse ne lui parvint.

La vieille dame ignorait l'heure qu'il pouvait être. Elle réfléchit qu'elle avait pu rester des heures inconsciente. Était-ce la nuit ? Était-ce le jour ? Rien ne lui permettait de le savoir car aucune lumière ne filtrait dans le placard. Terrorisée, elle se demanda si l'homme se trouvait toujours chez elle. Si c'était le cas, qu'allait-t-il faire ?

La tuer ?

Le temps passa, elle finit par s'endormir d'épuisement.

Un cliquetis la réveilla en sursaut. Elle ouvrit les yeux, mais il faisait trop noir pour y voir quoi que se soit. Il lui sembla que quelqu'un touchait à la serrure du placard. Elle supplia d'une voix faible « vous venez m'ouvrir ? ».

Personne ne répondit, d'ailleurs il n'y avait plus aucun son. Elle pensa qu'elle avait sûrement rêvé.

Elle était dans ce placard depuis assez longtemps pour avoir la gorge desséchée par la soif, sa langue était comme un morceau de vieux carton fripé et rêche. Elle n'avait pas faim. Elle ressentait surtout une envie de vomir, très forte. Était-ce en raison de la douleur qui se diffusait partout dans son corps ? En raison de la déshydratation ? À moins que ce ne fut à cause de l'écœurante atmosphère qui régnait dans le réduit ? L'odeur répugnante de ses propres souillures dans lesquelles elle était assise... Dans le lointain, elle perçut une voix monotone qui racontait. Elle se concentra pour écouter cette voix et elle entendit une histoire, une terrible histoire d'enfant. Un conte ?

– Tu te rappelles ? Moi si ! Je m'en souviens comme si c'était hier... Je n'ai rien oublié, tout est resté gravé là, dans ma mémoire... « Ne fais pas de bêtises ! » Tu hurlais, et moi, je me recroquevillais dans un coin de la cuisine. Tu venais toujours m'y chercher, ensuite tu me traînais par les cheveux jusqu'à la salle de bain, tu me jetais dans la baignoire et déversais sur moi, des litres et des litres d'eau glacée ! Je grelottais, je pleurais mais rien n'y faisait... Tu es sale... Il faut se laver quand on est un sale gamin comme toi. Devant les autres, tu disais... J'en ai marre de ce gosse ! Depuis que son père est mort, il ne fait rien de bon... Cinq ans tout juste, oui, ce n'est pas une excuse ! Les coups de ceinture, de savate, les claques devant tout le monde... Les autres... Ils s'en fichaient, c'était pas leur problème...

L'histoire de l'homme était entrecoupée de silence puis il reprenait d'une voix égale :

– À la fête des mères, je t'apportais un petit cadeau qu'on faisait en classe... En pâte à sel... En papier mâché, ce genre de chose... Tu le jetais à la poubelle me demandant où j'avais trouvé cette cochonnerie... J'étais idiot quand je posais des questions, pervers lorsque je réclamais un baiser de ta part. Si je pleurais j'étais un lâche comme mon père, et si je me rebellais, un moins que rien, un voyou comme tous les hommes... C'est le placard que tu as toujours préféré, le placard pour m'aider à réfléchir comme tu disais...

Tu m'oubliais à l'intérieur pendant des heures, parfois même des jours entiers... J'avais peur, J'avais faim et soif... Je t'appelais et toi, tu m'ignorais... Tu montais le son de la radio pour que personne ne m'entende... Parfois, tu venais prés de la porte et tu touchais la clef comme si tu venais me libérer, mon cœur bondissait de joie... Je te promettais d'être un bon garçon... Et en fait, tu faisais semblant, tu n'ouvrais pas, tu me laissais...

Jusqu'au jour où j'ai été trop grand pour le placard, pour les claques et la baignoire... Je suis parti, je croyais avoir oublié...

« G A S T O ... »

C'est là, dans ce parc, trente-cinq années après son départ de la maison maternelle, que Gaston Dupré s'est réveillé d'un long cauchemar...

– Oui, maman, Gaston, je suis venu te dire adieu...

Gaston alluma la radio, poussa le volume. La vieille entendit une porte dans le lointain qui se refermait. La musique absorba ses cris désespérés.

Et là, dans le noir, il lui sembla par moments entendre le bruit de la clef dans la serrure...

QUAND LE CHAT EST LÀ, LA SOURIS TREMBLE...

Chaque matin, le même rituel, allumer son ordinateur afin de vérifier les messages électroniques. Ce premier acte accompli, elle commençait son surf intensif sur le web, sa tasse de café fumante dans une main et la souris dans l'autre.

La nuit venue, elle était encore rivée à son écran, combattant le sommeil, retardant le moment d'aller se coucher.

Elle ne connaissait rien, ni personne pour la tenir éloignée de son joujou comme elle l'appelait. Avec le temps, sa cyberdépendance s'était aggravée, elle ne parvenait plus à se passer de son surf quotidien comme d'autres de leur ligne de coke. S'éloigner de son ordinateur pour partir en vacances, musarder en ville pour quelques heures, étaient devenues des idées inconcevables, insupportables.

Sa famille, ses rares amis, amusés lors de l'apparition des premiers symptômes, prirent la situation plus au sérieux lorsqu''elle se coupa du monde extérieur, se cloîtrant à son domicile. Toutes les tentatives pour la raisonner, restèrent lettres mortes, au point que certains finirent par se lasser.

Mélanie Edwards Creeks était une informaticienne de haut niveau. Elle avait un emploi très rémunérateur dans une grande entreprise spécialisée dans la recherche informatique.

Elle était celle qui créait de nouveaux langages informatiques, inventait des systèmes de protection, de codages, qui servaient notamment dans la vente en ligne.

Son travail lui laissait une grande liberté, c'est pourquoi, naturellement, elle avait décidé de travailler à son domicile, seule.

Elle communiquait avec ses collègues via Internet, commandait ses repas via Internet, téléphonait à sa famille via Internet, et pour se délasser, discutait avec des amis qu'elle avait virtuellement rencontrés sur un forum de discussion, appelé dans le jargon des internautes « Chat »

Ils se nommaient « Pussy cat », « Warrior », « Génius », « Lucinda »... Mélanie avait choisi comme surnom « Créature » parce que cela lui avait semblé mystérieux, sur le coup.

Avec son visage juvénile, son sourire timide, sa coupe de cheveux sages aux reflets cuivrés, elle ne paraissait pas ses trente-cinq ans. Pourtant, ses yeux bruns portaient les signes de la fatigue accumulée, ils étaient enfoncés dans son visage blême comme des punaises dans un mur vide. Deux petites punaises brunes, cernées et sans éclat.

Sa mère lui répétait à chaque visite : « Tu devrais sortir Mélanie, prendre un peu le soleil... Maquille-toi, tu te laisses aller... Ton père et moi, nous nous faisons beaucoup de soucis à ton sujet. À ton age ! Rester seule enfermée devant ce maudit écran d'ordinateur ! »

Mélanie ne comprenait pas leur réaction, elle se sentait heureuse ainsi, n'était-ce pas le plus important, son bonheur. De plus, elle se disait que sa réussite professionnelle aurait dû les rendre fiers, elle avait tant travaillé pour en arriver là...

Mélanie discutait souvent de l'incompréhension de son entourage avec Genius et Lucinda sur le « Chat » . Ils lui avaient expliqué qu'ils subissaient le même genre de critiques, cela la rassura ; Il lui semblait parfois être un extra-terrestre aux yeux des autres, alors qu'elle n'était pas la seule à mener ce style de vie. Après tout, ses parents étaient d'une autre génération, de celle où il n'y avait pas d'ordinateur familial, de celle où les gens se rencontraient dans la rue, sur leurs pas de porte et bavardaient des heures durant, de la pluie et du beau temps.

Quand sa mère lui disait :

– Mélanie, tu te coupes du monde extérieur, tu vis retirée comme une bonne sœur...

Elle lui rétorquait excédée :

– Mais maman, tu n'y comprends rien, c'est tout le contraire ! J'ai le monde entier à portée de main...

– Le monde, je ne sais pas Mélanie... Tout ce que je vois au bout de ta main, c'est une souris... Une souris qui te retient prés de ce bureau, jour après jour.

Les discussions se terminaient toujours de la même façon avec sa famille comme avec ses amis, de sorte, qu'elle n'avait plus la patience de les écouter. Elle sentait qu'elle avait des choses plus importantes à faire, des choses cruciales, des choses urgentes, des choses qu'elle était la seule à pouvoir faire.

Il était tard, minuit et demi, il faisait froid et humide. Le vent soufflait en rafales et quelque part dans la maison, un volet cognait contre le mur de la façade.

Elle était clouée devant son écran depuis des heures, elle ne se sentait pas fatiguée, néanmoins, elle était au bord de l'épuisement. Elle avait avalé un souper très léger, un bol de soupe en sachet, peu ragoûtant, puis un morceau de fromage allégé, elle, toujours soucieuse de sa ligne, alors qu'il n'y avait personne pour l'admirer.

Elle quitta un bref moment son fauteuil, pour aller dans sa chambre chercher un gros pull, bien chaud. Elle fit un détour par la cuisine, se réchauffa un café noir, à l'Italienne comme elle disait.

Sa tasse bouillante, entre les mains, elle retournait vers son bureau lorsqu'elle entendit un bruit qui venait de l'étage en dessous. Un grincement, quelque chose de métallique... Sûrement le vent, oui, c'est ça, le vent...

Elle s'enfonça dans son fauteuil avec un soupir de contentement, elle n'avait plus froid, elle reprit sa souris, cliqua deux fois rapidement, puis pianota sur son clavier, à une vitesse digne des plus grandes dactylo.

Elle était satisfaite du travail qu'elle avait accompli la semaine passée. Elle avait réussi à trouver les dernières lignes de codes qui lui permettait d'offrir une protection absolue contre la fraude informatique. Son programme qui s'appelait « Hight Cold Protection » allait valoir des millions dans peu de temps, et comme prévu, elle aurait sa part du gâteau. Son patron attendait les résultats de ses recherches avec impatience, car de gros clients lui avaient commandé ce nouveau système de toute urgence. Les fraudes des mois passés, leur avaient fait perdre énormément d'argent, il fallait que cela cesse.

Même si le projet n'avait pas encore été livré au grand manitou, il avait été mené à son terme avec succès. Elle méritait largement un moment de détente sur le « Chat » en compagnie de Warrior, Lucinda, Genius et Pussy cat, ses préférés.

Pour aller plus vite, Mélanie utilisait des signes, des diminutifs, des suites d'initiales, qui remplaçaient des mots ou des expressions. Ces comparses, initiés à ce type de langage, lui répondaient de la même façon.

Ils discutaient informatique, musique, de leurs vies respectives également, en restant prudents sur certains sujets, bien sûr. Peut-on réellement se fier à des personnes que l'on n'a jamais côtoyées, physiquement parlant, des personnes qui ne livrent même pas leur vraie identité ?

À l'extérieur, le vent soufflait toujours très fort, en bas, le volet du salon tapait. Mélanie était tellement absorbée par sa discussion virtuelle qu'elle n'y prenait pas vraiment garde. Concentrée sur son clavier, elle n'entendit pas le bruit de verre brisé, ni même les pas écrasant les débris de la vitre sur le sol.

Non, elle fixait son écran et écoutait le son mélodieux des touches de son clavier : tic, tic, tic, tic, clac, barre espace, souris, clic, envoyer !

Un courant d'air se créa, derrière elle, les feuilles de son ficus frissonnèrent. Elle se retourna surprise puis entendit une bourrasque dehors. Amusée, elle reprit le clavier en souriant.

Soudain, le vieil escalier de bois grinça, fort, comme si une des marches allait craquer sous l'effet d'un poids inhabituel.

Mélanie alias « créature » sursauta, c'est quoi ce bruit ?

Au lieu de se lever pour aller vérifier comme l'aurait fait toute personne sensée, elle pianota frénétiquement :

Créature : Il y a un drôle de bruit dans mon escalier !

Lucinda : Il est en bois ?

Créature : Oui

Warrior : Le bois ça grince, surtout si c'est du vieux bois...

Créature : On dirait des pas...

Genius : Tu attends quelqu'un, un RDV ?

Créature : Pas que je sache !

Pussy cat : Allez pas de blagues, un amoureux secret...

Créature : Les pas s'approchent, je crois bien qu'il y a quelqu'un chez moi !

Lucinda : Es-tu sûre ??

Créature : Des pas lents, feutrés... Ils s'arrêtent... Non, je l'entends, il vient !

Genius : C'est peut-être ton imagination...

Créature : Non, le bruit du vent, c'est autre chose, là ce sont des pas, en haut de l'escalier, j'en suis sûre...

Pussy cat : Tu as quelque chose pour te défendre... À part ta souris ?

Créature : Je ne plaisante pas... Il y a quelqu'un dans le couloir, il est presque à la porte... Que faire ??? (Mélanie se retournait par moments pour surveiller la porte derrière elle mais ne voyait personne venir)

Lucinda : Crie !

Créature : Je suis seule dans la maison, cela ne servirait à rien... (Mélanie surveilla encore la porte, toujours rien, elle chercha une arme potentielle, rien, à part sa maudite souris et son clavier.)

Genius : Appelle des secours.

Créature : Ma seconde ligne est en rade, l'autre, je l'utilise pour communiquer avec vous !

L'homme était déjà dans son dos. Il s'était glissé comme un serpent, sans bruit. Il sentait son parfum, jasmin... Il leva son couteau d'un geste vif et précis, lui attrapa la tête, l'amena en arrière, vers lui, contre son ventre. Elle ne cria pas, elle n'eut pas le temps, dans la seconde, il tranchait sa gorge offerte, et sectionnait sa carotide. Un jet puissant de sang rouge et épais, gicla sur le moniteur, coula vers le clavier.

L'homme laissa retomber sa victime comme une poupée de chiffon, elle glissa du siège, et tomba sur le sol, le visage à plat contre la moquette, ses yeux vides fixant la souris qu'elle tenait toujours dans sa main.

L'homme fouilla rapidement le bureau, ouvrît un tiroir. Sa bouche s'étira en un sourire avide en voyant le cédérom marqué « Hight Cold Protection par Mélanie Edwards Creeks ».

« Heureusement que j'ai pris des gants ! » Il pianota sur le clavier ensanglanté :

Créature : Ce n'était que le vent, il n'y a personne... je vais aller me coucher...

Genius : Nous allons te laisser aussi puisque tu es fatiguée...

Créature : Morte de fatigue je prends avec moi le cédérom...

Lucinda : Tu as le bon programme ?

Créature : Oui.

Pussy cat : Créature hors jeu ?

Lucinda : Et les mecs ? Et si on allait boire un pot à la santé de Mélanie ?

Warrior : Elle le mérite, elle a fait du bon boulot !

NOCES DE GLACE

- 1 -

« La mort est un voyage si doux qu'on voudrait le faire à deux... » annonça le vieux monsieur d'un ton calme, presque enjoué. Son épouse installée auprès de lui, lui tenait la main fermement tout en regardant sereinement sa fille, assise en face d'eux.

Celle-ci stupéfaite par les propos que son père venait de lui tenir, répondit immédiatement, effrayée :

– Si doux ! Mais la mort est tout sauf douce ! Je crois que vous ne réalisez pas à quoi vous vous préparez !

– Ma chérie... dit le père tendrement, nous ne nous attendions pas à ce que tu comprennes. Nous voulions simplement t'avertir pour que tu ne sois pas prise au dépourvu le jour où cela se produira...

– Ton père a raison, nous te devons la vérité... Même si c'est difficile pour toi de l'entendre, mais vois-tu, ce choix n'appartient qu'à nous.

– Et moi, alors ? Vous me laissez seule, sans remords !

– Tu n'es pas seule, tu as ton mari, tes enfants et puis tout le reste de la famille, dit le père pour la rassurer.

– Ce n'est pas pareil... Je ne vous laisserai pas faire, non ! Il n'en est pas question !

– Comme ta mère te l'a dit cette décision nous appartient, et tu n'y pourras rien changer...

La fille commença à larmoyer, ses mains tremblaient sous le coup de l'émotion, elle demanda entre deux reniflements :

– Mais pourquoi ? Je ne comprends pas... L'un de vous est-il malade ? Quelque chose de grave ?

– Non, ce n'est pas ça. Ton père et moi, nous avons beaucoup réfléchi ces derniers temps ; À notre vie, notre amour, à la vieillesse, la maladie et la mort...

Sa fille lui coupa la parole, impatiente :

– Maman ! Tout le monde se pose ce genre de questions, mais de là à dire, allez hop ! On va mourir ensemble, comme s'il s'agissait d'un projet de croisière...

– Ne nous parle pas sur ce ton sarcastique ! Tu ignores ce que c'est que de vieillir, de voir son corps se dégrader avec les années.

– Mais les autres l'acceptent, alors pourquoi pas vous ? demanda la fille.

– Là n'est pas la question ! fit le père tout en triturant un petit morceau de papier qu'il avait entre les mains, ta mère essaye de te faire comprendre que nous ne voulons pas être séparés, vivre l'un sans l'autre... Nous ne rajeunissons pas, c'est sûr, et le problème, c'est que nous devons trouver le bon moment pour partir avant de ne plus être capable de le faire...

– Vous êtes encore jeunes, je veux dire, soixante-cinq ans me paraît, un peu prématuré !

– Ton père et moi, nous avons peur d'affronter la vie l'un sans l'autre. Si nous quittons ce monde ensemble, ce sera moins pénible. De plus, je ne pourrai supporter de vivre sans lui, après toute une vie heureuse passée ensemble."

– Dans tous les cas, ce n'est pas pour tout de suite...

– Voilà qui est rassurant ! répondit la fille sur un ton sec et reprit de plus belle :

– Que suis-je censée faire en attendant ?

– Rien, répondit la mère.

– Nous sommes désolés de te faire de la peine... ajouta le père.

– Un suicide collectif dans la famille ! C'est original ! rétorqua ironiquement la fille. Elle cachait tant bien que mal son chagrin et son inquiétude.

Elle cherchait désespérément des arguments pour que ses parents renoncent à ce projet. Elle ne voulait pas les perdre, pas déjà, pas si tôt. Elle savait qu'elle n'était pas prête pour cela, et qui peut s'y préparer d'ailleurs.

– Tu sais chérie, on passe sa vie à perdre des êtres chers, il faut s'y habituer, c'est la nature.

– Nous devons tous mourir un jour, alors pourquoi ne pas laisser les gens décider du moment ? La mort en elle-même ne nous effraye pas, pourquoi avoir peur de quelque chose d'inéluctable ? expliqua la mère en levant les yeux comme si la chose allait de soi.

– Ce n'est pas normal, d'avoir envie de mourir, tout le monde veut vivre, non ?

– Oui, mais pas n'importe comment... Sans ta mère, je ne veux pas continuer, je refuse de boire, manger, respirer, penser et parler, alors qu'elle ne sera plus là... Ça n'aurait pas de sens, toute ma vie n'aurait plus de sens.

– Je pense comme ton père... La vie nous a beaucoup donné, nous partirons sur une bonne impression, surenchérit la mère avec l'ébauche d'un sourire, un jour, on réalise que la mort est fatalement au bout du chemin, quoiqu'on fasse, quoiqu'on dise. Comme si tous les chemins que l'on pourrait pratiquer nous entraînaient vers la même destination. Nous voulons faire ce dernier bout de chemin ensemble.

– Je ne sais plus quoi vous dire... C'est dingue... Je vous aime tellement, je ne vais pas le supporter.

Elle éclata en sanglot. Ses parents se levèrent de concert, et vinrent la serrer dans leurs bras.

- 2 -

Depuis cette discussion, le temps était passé, gentiment, de réunion de famille en voyage organisé, Monsieur et Madame Grandin avaient vieilli, sans presque s'en apercevoir. Leur fille Liliane avait réussi à chasser le souvenir de cette terrible discussion, pensant que ses parents avaient renoncé à leur projet. Trois années s'étaient écoulées, et plus un mot sur le sujet.

Les Grandin avaient pourtant toujours en tête de se suicider simultanément, seulement, pour l'instant, ils n'avaient pas trouvé le moment adéquat. Il y avait toujours l'anniversaire d'un petit-fils, un mariage, un Noël, pour empêcher la mise à exécution de leur projet.

Le plan était simple. S'habiller chacun sur son trente et un, sortir les papiers nécessaires à leur fille pour la succession, les inhumations. Ensuite, ingérer chacun, des doses mortelles de barbituriques, se coucher côte à côte, la main dans la main, et s'endormir d'un sommeil éternel.

Ils se faisaient chacun une idée romantique de la question, Roméo et Juliette, Tristan et Iseult, Michel et Mireille Grandin... Leurs deux noms inscrits sur des tombes jumelles, portant des dates de décès identiques, dans le cimetière communal de Fleuret, avec pour toute épitaphe « la mort est un voyage si doux, que nous l'avons fait ensemble... »

Ils s'imaginaient que l'on parlerait d'eux dans le journal local, et même régional, à la télévision... Peut-être.

Un jour, ils allèrent se promener en forêt. Ils marchèrent longtemps, discutant de tout et de rien, ramassant des branches pour la cheminée. L'air était frais, le vent commençait à souffler, ils décidèrent d'accélérer le pas et de sortir du bois. Ils voulaient rejoindre leur voiture pour pouvoir s'y réchauffer, puis rentrer chez eux.

Mireille Grandin traînait les pieds, son mari se moquait d'elle lui lançant « Un peu de nerfs, Mireille, on ne sera jamais rentré avant la nuit si tu continues à cette allure... »

Mireille Grandin fit des efforts, tenta d'accélérer le pas mais une douleur lancinante était apparue dans sa poitrine. Elle avait de plus en plus de mal à respirer mais ne dit rien, de peur d'effrayer son mari. Celui-ci avait ralenti, et lui répétait « ça va ? Tu es pâle... Ça va ? »

Non, ça n'allait pas. Mireille se figea, paralysée par une douleur atroce dans le thorax qui s'irradiait vers le haut du bras gauche, elle cherchait l'air en vain, elle ne parvenait plus à respirer.

Sa vue se brouilla, de petits points noirs dansaient devant ses yeux, des petits flocons lumineux aussi.

Elle entendit dans ses oreilles un bourdonnement très fort, comme le sang qui va et vient, va et vient, une voix lointaine qui l'appelle « Mireille ! Non... » Le sang encore, qui va et vient, et puis va...

Mireille mourut ainsi, sottement, sans prévenir, dans les bras de son mari d'une attaque cardiaque, au milieu de la forêt malmenée par le vent, en début de soirée, seule, pour ainsi dire...

- 3 -

– Même si son mari était là... On meurt toujours seul, c'est connu ! C'est terrible, Mireille était encore jeune, ah là là... Pauvre Michel ! déclara une petite vieille pendant la cérémonie funèbre, tout en se mouchant bruyamment. Chacun ajoutait un commentaire, le genre que l'on entend communément dans les enterrements :"C'est tragique, injuste... Une personne hors du commun..."

Michel Grandin restait silencieux, assis sur le premier banc de l'église, écoutant l'éloge du curé. Sa fille était à ses côtés, avec son mari et ses enfants.

Michel ne pleurait pas, il semblait comme abasourdi par la soudaineté du départ de sa femme.

Il serrait les dents, le regard perdu dans ses pensées « Comment a-t-elle pu me faire ça ? Me laisser seul, alors qu'on s'était promis de partir ensemble... »

Tout le monde l'imaginait terrassé par le chagrin alors qu'en réalité, il se sentait trahi, ressentant colère et rancune à l'encontre de Mireille.

Ils se rendirent tous au cimetière. Long cortège silencieux d'amis et de famille de la défunte. On déposa le cercueil dans la tombe, disposa des gerbes de fleurs et des couronnes mortuaires « À une amie fidèle », « À ma mère », « À ma sœur chérie »... Il n'y avait point de « À mon épouse adorée ».

Michel Grandin observait la sépulture, le visage impassible. Ne voyant pas l'épitaphe qu'ensemble, ils avaient rédigée, contre toute attente, il fut secoué d'un rire nerveux, comme s'il avait perdu la raison.

Étant donné les circonstances, l'assemblée présente aux funérailles pensa qu'il était bien naturel que Monsieur Grandin ait les nerfs fragiles. Chacun baissa la tête, observant le bout de ses chaussures, dans une position idéale pour le recueillement.

De retour chez lui, sa fille le fit suivre par un médecin qui lui diagnostiqua une dépression post-traumatique.

Une infirmière vint à son domicile tous les jours, pour s'occuper de lui. Elle s'assurait qu'il prenait bien son traitement, et parfois l'accompagnait dans de petites promenades.

Les mois passants, les balades furent plus longues, se transformèrent en excursion, puis en voyage...

Par la poste, Sa fille Liliane reçut un mot de lui : « Ma chérie, la Guadeloupe est magnifique en cette saison. Suzanne est ravie de pouvoir profiter du soleil sur la plage. La Guadeloupe est un voyage si doux, qu'il eut été dommage de le faire seul, non ? Ton père qui t'aime, Michel. »

POUBELLE BLUES

Je ne me rappelle plus quel jour on était quand ça a commencé, tout ce que je sais, c'est qu'ça m'a foutu une sacrée trouille !

D'abord, il faut que je vous explique que je m'appelle Franck, j'ai vingt-neuf ans, je suis grand et plutôt costaud, mais on s'en fout pour l'histoire, c'était juste pour dire.

Je travaille dans une usine de retraitement des ordures ménagères... Faites pas la grimace ! Faut bien des gens comme moi pour nettoyer toutes les cochonneries que vous jetez à la poubelle. D'ailleurs, il est pas si mal ce boulot ! Comme dit Robert, mon chef : « Franck, vous participez à la beauté du monde en le nettoyant de ces impuretés ! » C'est un poète, ce Robert. Tout le monde se moque de lui parce qu'il utilise des belles phrases et des et des grands mots, même que des fois, on ne comprend pas c'qui dit. Enfin... Donc je suis un des gars qui fait le tri, huit heures par jour devant un tapis roulant qui charrie des tonnes de détritus en tout genre : Plastique, métal, carton, matières organiques.

On nous a fait suivre à tous, une formation, pour apprendre le nom des matières que l'on doit trier, savoir les reconnaître pour faire du recyclage. Du coup, maintenant, je sais tout sur les différentes matières plastiques, les différents métaux... On ne peut pas tout mélanger !

Y'a un type qui travaille à une quinzaine de mètres de moi, sur le même tapis, lui, il s'occupe surtout du métal et du verre, moi, je dois me charger du plastique, cartonnage, matières organiques. On a des conteneurs de couleurs pour chaque type de tri, même que je crois qu'un mec daltonien peut pas travailler avec nous... Enfin je crois...

En tous cas, le type qui bosse sur mon tapis, il est pas très causant, du coup, les journées sont longues. Je préférais quand je bossais avec Roger, lui au moins, il savait raconter des blagues !

D'un côté, mon chef y dit qu'on est plus concentré sur le tri, que c'est mieux que de déconner toute la journée.

Je suis marié, et j'ai deux gamins, un de huit ans et un de cinq. Mes gosses à l'école, y disent pas que je travaille dans les ordures, de peur qu'on se foute d'eux, ils ont raison, les autres sont méchants des fois... Du coup, y racontent que je bosse pour la protection de l'environnement. C'est pas mentir, comme dit le chef, sans nous, y aurait plus d'environnement depuis un bail ! On empêche la pollution de la nature et puis on évite le gaspillage des matières premières. Quand j'explique ça à mes gosses, hé bien, y sont super fiers de moi, que même le grand m'a dit l'autre jour que je suis le flic de la nature, un super héros, en quelque sorte...

J'ai une tenue jaune avec des grands gants qui me remontent jusqu'aux coudes, des gants hyper épais pour ne pas se couper ou se brûler avec des produits toxiques.

Robert, mon chef, y me dit toujours :

– Tes gants, Franck, te protègent, il faut toujours les mettre, tu sais pourquoi ? – Ben non ! je réponds, lui y me dit :

– Franck, d'une part si tu te blesses, j'aurai la protection des bêtes dans ton genre sur le dos... et là mon chef y rigole

– Et puis en plus, même si tu es là pour sauver la nature, elle te demande pas de te tuer à la tâche et là y rigole encore !

D'ailleurs mon chef, y rigole souvent, mais on sait pas toujours si c'est une blague ou c'est qui se fout de not' gueule... M'enfin, bon, il est plutôt sympa alors...

Un jour, j'étais donc devant mon tapis, et je triais : Plastique, conteneur jaune... Carton, conteneur vert... Restes de légumes en tout genre, incinérateur... Et tout à coup, qu'est-ce que je vois ! Un pied ! Un pied humain ! Si, si, je vous assure ! Un pied humain blanchâtre, sur MON tapis de recyclage. J'étais dégoûté ! Ce pied n'avait rien à faire sur mon tapis de recyclage, merde ! C'est vrai ! On trouve de tout sur mon tapis, d'accord, mais un pied ! Faut pas charrier quand même ! J'étais drôlement embêté... Presque sans réfléchir, j'ai pris le pied entre mon pouce et mon index, avec mes gants, bien sûr, et je l'ai jeté illico presto dans l'incinérateur, ni vu, ni connu !

Je me suis dit, que si le collègue de mon tapis l'avait vu, il aurait crié, ou il aurait dit quelque chose mais apparemment, il a rien vu, puisqu'il a rien dit. Et c'est tant mieux ! J'avais pas envie de discuter de ce pied, ni avec les collègues, ni avec le patron et encore moins avec les flics. J'aurai pu avoir des embêtements, on ne sait jamais ! En plus, on aurait parlé de moi dans le journal, « Le mec qui a trouvé un pied sur son tapis de recyclage », et mes gosses qui disent partout que je bosse dans l'environnement ! Non ! J'ai fait comme si de rien n'était, même si j'ai eu envie de dégueuler sur mon fichu tapis, j'ai rien dit.

Le problème, c'est qu'un malheur n'arrivant que rarement seul, j'ai vu défiler le reste du puzzle, les jours suivants... Le lendemain, une main, le jour suivant le second pied, et le jour d'après, un bout de jambe, qu'on aurait dit qu'il avait trempé dans l'eau pendant des heures, enfin tout ça pour dire que ces saloperies avaient choisi mon tapis roulant pour venir s'échouer.

Inlassablement, j'ai mis dans l'incinérateur, chacune de mes trouvailles, discrètement, sans que personne ne s'en aperçoive.

J'avoue que le matin, j'allais au travail avec moins d'entrain, même que ma femme a cru que j'allais me faire virer de mon boulot. Je lui ai dit que tout allait bien mais les femmes, elles ont un troisième sens pour sentir ces choses là !

Au bout du cinquième morceau, j'ai commencé à en avoir marre. J'ai fait ma petite enquête pour savoir à qui appartenait tout ça. J'ai lu les journaux dans la rubrique faits-divers, rien ! Je suis même allé fouiner dans les archives pour savoir s'il y avait eu des disparitions.

Un mari jaloux avait tué sa femme, des morts accidentelles mais point de disparitions... J'étais embêté... Ne pas savoir à qui j'avais à faire !

Apparemment, c'était un homme, vu la taille des pieds et le morceau de jambe poilue... Remarque, y'a des femmes aux grands pieds qui se rasent jamais ! Paraît qu'en Allemagne, ça se fait...Je suis jamais allé en Allemagne, remarque ça me manque pas, je préfère le soleil et les palmiers...

Bref, tout ça pour dire que j'y ai mis du mien, mais que j'ai pas pu savoir qui avait disparu et s'était fait découper en tranches.

Pendant deux semaines, plus rien, pas un seul morceau. D'un côté, j'étais soulagé parce que c'est pas pour dire mais c'était pas joli à voir ! D'un autre côté, le suspense était à son comble ! J'avais eu presque tout, sauf la tête donc impossible de savoir qui c'était, et si la tête ne venait pas sur mon tapis et bien, je ne saurai jamais !

Les jours passaient, et je continuais mon tri inlassablement. Plastique, carton, plastique, carton, carton ?

Le carton qui vint se présenter devant moi était lourd mesurait environ quarante centimètres de large, trente centimètres de profondeur, et puis encore quarante de haut. Un carton banal, sans inscription, sans étiquette, mais d'un poids relativement important. La procédure au tri c'est : « Un carton fermé, doit être ouvert, et s'il est lourd, c'est qu'il doit être vidé ! »

J'ai donc ouvert le carton, pour voir s'il y avait de quoi trier.

Vous l'avez deviné, j'ai trouvé, la tête !

J'ai failli tourner de l'œil en la voyant. Elle était emballée bien proprement dans un sac plastique, mais c'était affreux quand même. Le pire c'est que j'ai reconnu le visage de celui qui se trouvait dans le sac.

C'était Monsieur Lagrange, mon ancien professeur de physique et de math. J'étais rassuré que ce soit lui. Pourquoi ? Hé bien, je le détestais, un vrai pourri, ce prof. Toujours il me disait,« Franck tu es un bon à rien, tu ne feras rien de ta vie ! ». Des fois, il te mettait des claques, devant tout le monde, ou fou de colère, il jetait tes affaires par la fenêtre. Un jour, il a même décollé l'oreille d'une élève en la forçant à se lever de son siège. Un sadique, voilà c'que c'était Lagrange... Même les autres profs le haïssaient, il avait pas un seul ami. Personne pour le regretter. Sa femme l'avait quitté, paraît qu'il la battait, ce serait pas étonnant, un dingue pareil !

J'ai pris le carton et ce qu'il contenait, je l'ai balancé dans l'incinérateur, juste, mon collègue de mon tapis est arrivé, pour me dire que c'était la pause, alors on est allé boire un café...

Et puis voilà, c'est tout, y a rien d'autre à ajouter. Sauf que peut-être que j'aurai aimé dire à ce prof qui me répétait toujours : « Franck, si tu continues comme ça, tu vas finir dans une merde noire ! » Lui dire que c'est pas vrai, je suis pas dans la merde, je nettoie la merde des autres, c'est tout, voilà ce que je tenais à dire...

LE POT DE FLEURS

Arrivé sur les hauteurs de Carqueiranne dans le quartier « Le Paradis ». Vers vingt-deux heures trente, Le commissaire Finet, alluma une cigarette et contempla la villa nichée au creux d'une pinède. On ne s'attendait pas à ce qu'un crime fut commis dans un tel cadre. Un parc empli d'arbres et de fleurs odorantes : Lavandes, bougainvillées, sauges... Un inspecteur gringalet l'accueillit et lui résuma l'affaire en quelques mots. Vers vingt et une heures, une femme avait tué son mari en état de légitime défense, affirmait-elle. Il souligna toutefois que l'on n'avait trouvé aucune trace de lutte. La villa était dans un état impeccable. La meurtrière âgée d'une soixantaine d'année semblait parfaitement calme et détendue malgré le drame qui venait de se dérouler. Elle invita le commissaire à s'asseoir sur la terrasse qui surplombait le village et d'où la vue s'étendait jusqu'aux Îles d'Or.

– Madame Grandville vous prétendez avoir tué votre époux en état de légitime défense... commença le policier.

– Oui, commissaire. J'ai réalisé ce soir qu'il avait l'intention de m'assassiner, répondit la meurtrière tout en allumant sa cigarette.

Surpris, il demanda immédiatement :

– Comment avez-vous compris qu'il en voulait à votre vie ?

– Le pot de fleur ! répondit Madame Grandville avec fierté.

– Veuillez m'excuser, mais je ne comprends pas, répondit le commissaire en se grattant énergiquement le sourcil droit.

– Ce n'est rien, je vais tout vous expliquer :

Comme vous le savez peut-être, je vivais seule depuis neuf ans déjà lorsque j'ai rencontré Antoine Neuvelle. J'étais une femme d'un âge... Certain si l'on peut dire ! Lui un homme de vingt ans mon cadet. Évidemment, l'ensemble de ma famille a crié au scandale. Pourtant, je n'en ai fait qu'à ma tête. Je le trouvais charmant, cultivé, ses manières étaient parfaites... De plus il ne me contredisait en rien, toujours de bonne humeur, aux petits soins pour moi à longueur de journée... Bref ! Monsieur Neuvelle me plaisait beaucoup et je décidais donc de l'épouser puisque deux mois après notre première rencontre, il m'en avait fait la demande. Le mariage fut célébré en l'église de Carqueiranne puis s'ensuivit une réception très simple avec les amis et la famille proche. N'ayant pas d'enfant, la signature d'un contrat de mariage nous sembla inutile. Je pense que cette dernière disposition causa de nombreuses inquiétudes à mon entourage. Une femme de mon âge, possédant de nombreux biens immobiliers à Carqueiranne mais également dans la ville de Hyères ! D'après eux, j'étais une proie rêvée pour un coureur de dot ! Cela m'amusa au point d'ignorer leurs recommandations. Après un long séjour à Rome, mon conjoint et moi-même, rentrâmes dans la demeure familiale. Au fil du temps, mes amis, ma famille commencèrent à apprécier Antoine. Il était d'un caractère très joyeux, très accueillant. Il organisait des réceptions, concoctait des idées de sorties originales : pêches au gros en haute mer, randonnées dans l'arrière pays varois...

Puis un jour, il proposa une sortie qu'il qualifia de hautement sportive.

Curieuse, je le questionnais pour en savoir d'avantage, mais il refusa de répondre, prétextant son désir de me faire une surprise. C'est ainsi que quatre jours plus tard, je me retrouvais harnachée pour faire de l'escalade en moyenne montagne.

Mes nièces étaient également invitées ainsi que l'un de mes cousins. L'ascension se passa très bien et nous

nous amusâmes beaucoup, néanmoins, la descente fut, en ce qui me concerne, très... Brutale.

Je ne pourrais vous expliquer ce qui s'est produit techniquement parlant ; Le fait est que ma chute de cinq mètres fut inattendue pour tout le monde. Heureusement, celle-ci fut amortie par les branches hautes d'un pin puis, je rebondis un peu plus bas sur des massifs de genêts. J'entendais crier au-dessus de ma tête, mon entourage semblait affolé. Mon mari arriva sur les lieux, le premier. Il s'avéra étonné de me voir en si bon état, ce qui me parut sur l'instant tout à fait compréhensible. J'étais tombé de plus de cinq mètres, et m'en sortais seulement avec quelques égratignures sur le visage, et une jambe cassée. J'avais eu une chance incroyable.

Après cette aventure, Antoine paraissait soucieux, plus distant, même s'il prenait énormément soin de moi. Ma jambe me faisait souffrir, et moralement cet accident m'avait choquée. Je restais alitée, un mois tout au plus. Puis des séances de rééducation m'aidèrent à remarcher convenablement. Un jour, je dis même sur le ton de la plaisanterie :

- Antoine, à quand une nouvelle séance d'escalade ?

Il me rétorqua sèchement :

« Ma chérie, quand on ne sait pas tomber comme il faut, mieux vaut rester chez soi »

Sa réponse m'étonna, je considérais pour ma part être tombée de façon exceptionnelle, une autre personne à ma place se serait peut-être tuée. Ne pensez-vous pas, commissaire ? demanda-t-elle, mutine.

– Sans doute, répondit le commissaire, venez-en au fait ! Pourquoi le pot de fleur ?

– Ne soyez pas si pressé, j'y viens, j'y viens ! Donc pour résumer, notre relation de parfaite complicité commençait à s'émousser.

En fin de journée, je restais seule sur notre terrasse à regarder la mer tandis qu'il lisait à l'intérieur. Cependant tous les soirs sans jamais faillir, il m'apportait une citronnade. Soir après soir, je ne finissais pas mon verre, car voyez-vous sa citronnade était trop sucrée ou pas suffisamment. Pour ne point le vexer, après une gorgée, je jetais discrètement le reste de mon verre dans un pot d'hibiscus. Cette plante magnifique, se mit à dépérir progressivement. Je trouvais cela étrange puisque je lui prodiguais autant de soins qu'aux autres.

Ce soir, j'ai réalisé que cet hibiscus était le seul à accueillir les restes de ma citronnade quotidienne.

Cette découverte me plongea dans une sorte d'effroi. Je compris alors, que mon époux versait probablement un poison dans la boisson qu'il me servait chaque soir avec tant d'obligeance. Mes sentiments furent confus, je l'avoue... Lorsque je compris qu'Antoine voulait m'assassiner, j'eus peur puis je fus pris d'une terrible colère ! Il m'avait trompée ! Épousée pour mon argent ! Il voulait hériter de moi et me remplacer par une femme plus jeune !

Mon sang n'a fait qu'un tour, j'ai empoigné le pot d'hibiscus et suis montée au salon, Antoine était devant la télévision. J'ai lâché le pot sur sa tête d'une bonne hauteur en lui criant « Et ça, c'est bien tomber ? »Voilà commissaire, le fin mot de l'histoire.

– Je vois ! fit le commissaire, mais ne vous êtes-vous pas dit que votre plante était moribonde à cause de l'acidité de la citronnade ?

– Ah ! Non, j'avoue que je n'y avais pas pensé...

PETIT PAPA NOEL

Les enfants sont charmants par définition, du moins c'est ce que l'on nous apprend... Parfois ils le sont moins... Poussant des cris stridents sans raison valable, salissant sans vergogne notre « home sweet home », cassant nos objets fétiches « juste pour voir si c'était solide ! ». Non ! Les enfants ne sont pas de petits êtres sans défense, non, ce sont des personnes en devenir qui expérimentent sur notre territoire, ce qui nous rend parfois incompatibles.

Romain était un de ceux-là. Il avait ce que l'on appelle un fichu caractère. Susceptible à la moindre critique, totalement dépourvu du moindre sens de l'humour, cet enfant turbulent se battait sans cesse à l'école. Il défendait son honneur, celui de sa famille, de ses copains, de son chien... Il ne fallait pas le chercher ou alors...

Romain était aimé de ses parents, sur ce point nous ne discuterons pas, toutefois le couple avait des vues divergentes quant à l'éducation du bambin.

La mère le surprotégeait, ce qui est, on ne peut plus répandu comme attitude, tandis que le père voulait développer chez lui indépendance et débrouillardise.

Âgé de cinq ans, il était intelligent, vif et curieux des choses du monde.

Il ne fut donc point étonnant qu'il rentre un jour de l'école en claquant la porte, furieux d'avoir été trompé.

Sa mère accourut, et lui demanda :

– Que t'arrive-t-il encore Romain ?

Sur ce, celui-ci rétorqua d'une voix désagréable :

– Vous m'avez encore menti, le père Noël n'existe pas ! Tous mes copains se sont moqués de moi parce que j'ai dit que c'était pas vrai, que mes parents y me mentaient jamais !

La mère répondit un « oh ! » Ennuyé comme si elle se disait en elle-même que la fameuse discussion tant redoutée était arrivée. Elle fit diversion en lui proposant son goûter ce qu'il accepta. Avez-vous déjà vu un enfant refusant de manger ?

Suivant sa mère dans la cuisine, il s'installa confortablement et la fixa intensément.

– Maman ?

– Oui, mon cœur ?

– Le père Noël alors ?

– Quoi le père Noël ?

– Et ben, il existe ou pas ?

– Euh... Tiens ton pain au chocolat...

– Merci... Hum, il est bon ! Alors le père Noël ?

– C'est un peu compliqué...

– Y'a Quentin qui a dit que c'est pas vrai, qu'il a vu son père mettre les cadeaux sous le sapin l'an dernier...

– Je vois...

– Et Pierre y dit que d'abord les rennes peuvent pas voler, ils z'ont pas d'ailes et puis en plus, le traîneau est trop lourd...

– C'est sûr qu'un traîneau, c'est très lourd. Il est bon ton petit pain ? Tu veux un jus de fruit ?

– Mouais, je veux bien... Y z'ont dit que le père Noël y serait trop vieux pour porter tous les cadeaux, partout dans le monde... Alors moi, j'ai dit ce que vous m'avez expliqué, qu'il avait des employés.

– Et alors ?

– Ben, y z'ont rigolé, y z'ont dit que c'était n'importe quoi... Que les pères Noël dans les supermarchés, c'étaient des messieurs qui avaient besoin de travailler pour gagner des sous !

– Ça, c'est vrai mon chéri..

– Et le reste alors ? C'est vrai, hein ? Le père Noël existe pas !"

– Eh bien, eh bien... Oh ! Tu m'embêtes avec toutes tes questions, on dirait un moulin à parole ! Tu demanderas à ton père.

– Ben, je vais dans ma chambre, voilà !

En colère, le petit tourna les talons puis s'enferma dans sa chambre, pressentant que ses copains lui avaient raconté la vérité.

En début de soirée, le père rentra de son travail. Sa femme lui expliqua en quelques mots la situation, lui conseillant de dire la vérité à Romain. Et ce père qui voulait tant développer chez son fils autonomie et jugement critique, décida, curieusement, qu'il était trop jeune pour renoncer au mythe du père Noël. La mère lui rappela à titre indicatif que leur philosophie commune était de ne jamais mentir à leur enfant, mais il s'entêta.

Se souvenant avec tendresse des beaux Noëls de son enfance, des guirlandes colorées, des boules scintillantes, de l'odeur du sapin fraîchement coupé ainsi que du tintement des grelots des rennes...

Argumentant avec autant de talent qu'un maître du barreau, le père ne parvint pourtant pas à convaincre son fils. Celui-ci avait senti chez sa mère des hésitations qui lui avaient fait comprendre que cette histoire de père Noël était un délire de parents. Il expliqua même à son père que c'était dégoûtant d'utiliser cette histoire pour que les enfants soient sages ! Que répondre à cela ?

La date fatidique de la veille de Noël arriva. Pour Romain, le père Noël n'existait plus. Il était moins excité par les préparatifs entourant habituellement les festivités. Il aida son père à décorer le sapin sans le moindre enthousiasme.

Très attristé par la réaction de son fils, le père décida de se déguiser en père Noël.

Dans l'obscurité et le silence, le père avait revêtu sa tenue de père Noël : Une grosse barbe, une perruque blanche. De grandes bottes en caoutchouc noires, et puis une hotte dégoulinante de cadeaux. Il avait même pris soin de disposer un gros coussin sur son ventre pour créer l'illusion de la grosse bedaine typique du père Noël.

Notre ventripotent père Noël s'installa prés du sapin, satisfait, et se mit à pousser le célèbre : « Ho ! Ho ! Ho ! » Tout en faisant tintinnabuler de petits grelots, pour faire croire que les rennes attendaient quelque part au-dehors.

Au son du drelin, drelin, le petit Romain s'extirpa de son lit d'un bond puis courut vers le salon, faisant au préalable un petit détour par le tiroir du bureau de son père, détours qui ne lui prit pas plus de deux minutes.

Le père continuait ses appels en secouant énergiquement ses clochettes.

Voyant Romain apparaître, il s'écria en mettant chacun de ses poings sur ses hanches « Ho ! Ho ! Ho... AH ! Non ! »

Une déflagration se fit entendre, résonnant dans toute la maison.

L'enfant se mit à hurler :

– Maman ! Papa ! J'ai tué le père Noël ! Fit-il tout en poussant des cris suraigus.

La mère alertée par les hurlements de son fils, trouva celui-ci debout devant la porte du salon, une arme à la main, pleurant à chaudes larmes devant le père Noël écroulé au pied du sapin.

– Maman, j'ai tué le père Noël ! dit-il en sanglotant.

– Non, chéri ! cria-t-elle en se précipitant auprès de son mari, c'est pas le père Noël, c'est papa qui s'est déguisé... puis s'adressant à son époux : Ça va chéri ?"

– Papa... Oh... J'l'ai pas fait exprès ! il sanglota bruyamment.

– Chéric... Il m'a bousillé le genou, ce petit con m'a bousillé le genou ! Appelle une ambulance ! supplia le pauvre homme.

– C'est de ta faute ! Tu n'aurais pas dû vouloir lui mentir ! accusa la mère.

– Appelle les secours... On discutera plus tard... Il n'avait pas à toucher ce flingue... Merde !

– Mais papa, j'ai cru que tu étais un méchant Monsieur déguisé en père Noël, qui voulait voler des choses chez nous...

– Tu n'avais pas à prendre le pistolet ! Papa a raison ! Mais d'un autre côté, c'est pas bien de mentir à son fils, pas bien du tout...

– Ça va être de ma faute... soupira-t-il, j'ai mal... Appelle nom d'un chien !

– Le petit a eu un réflexe héroïque... Pour défendre sa famille... Ça partait d'un bon sentiment ! ajouta la mère pour la défense de son fiston.

– J'avais dit que j'y croyais plus, moi, au père Noël !

– Il a failli me tuer et il me parle encore de cette fichue connerie de père Noël... Bon, c'est pas que... Mais je pourrai avoir un docteur, ou vous allez me laisser me vider de mon sang dans le salon ?

– Mais oui, j'y vais ! répondit la mère excédée, en tous cas, j'avais bien dit qu'il ne fallait pas mentir au gosse, et puis moi, on m'écoute jamais... elle continua de marmonner jusqu'au téléphone.

Tandis que l'épouse décrivait la blessure de son mari au service des urgences, l'enfant s'agenouilla prés de son père. Il lui chuchota prés de l'oreille

« papa ? Puisque tu as la hotte... Tu veux bien me dire ce qu'il m'a apporté le père Noël ! »

PUNAISES...

- 1 -

Le tueur essuya ses gants poisseux de sang sur les vêtements de sa victime. Il sifflota un air de victoire tout en admirant son œuvre. Parfait. Tournant les talons, il se dirigea vers son véhicule, banale voiture de ville, de couleur grise. Anonyme.

Le quartier était vide à cette heure de la nuit, les braves gens dormaient paisiblement, la conscience bien au chaud dans un oreiller trop mou, celui de l'indifférence.

Le lendemain, ce meurtre sauvage et cruel fit la une des journaux. Un homme de quarante-cinq ans, commerçant de son état, père de famille tranquille, avait été retrouvé cloué par un pieu sur la porte de son garage. L'arme en bois, taillée en pointe très acérée, lui avait transpercé le cœur. Apparemment, son assaillant l'avait assommé puis l'avait tué à l'aide du piquet. Un petit morceau de papier banal avait été accroché à sa veste de pyjama, quelques mots obscurs y étaient inscrits d'une écriture maladroite : « C'est les cons qu'il faut punaiser... »

D'après les journaux, la femme de la victime n'avait rien entendu, le voisinage non plus. Rien ne pouvait laisser supposer un tel acte dans un quartier si paisible. Les journalistes faisaient remarquer que le vol ne semblait pas être le mobile du meurtre. La police commençait une enquête qu'elle qualifiait de « très délicate » mais rappelait pour rassurer la population « que tous les moyens seraient mis en œuvre pour arrêter le coupable de cet acte barbare... »

- 2 -

« ...Il a eu ce qu'il méritait, ce con ! Pour qui se prenait-il ? Un stupide petit commerçant, me rabaisser de cette façon ! Devant tout le monde... Il y a un jour où on a plus envie de se laisser marcher dessus... C'était tellement facile... Un grand coup sur la tête, le marteau, le pieu. J'ai eu de la chance qu'il sorte vérifier le bruit dans son garage... Et le petit mot, sur sa veste, génial ! Pour qu'on comprenne mon geste !

Je suis comme du vent, incolore, invisible pour tous, sauf peut-être pour tous ces cons qui me pourrissent la vie, du moins lorsqu'ils s'aperçoivent que j'existe... »

- 3 -

Les meurtres continuèrent crescendo comme si le tueur y prenait goût. La police et les psychologues attachés à l'enquête expliquaient que la situation était grave, qu'il s'agissait d'un tueur en série. On avait à faire à un sociopathe à tendance paranoïaque et mégalomaniaque. Ce tueur était quelqu'un de mal adapté dans la société, convaincu que la terre entière lui voulait du mal. Le meurtre était une façon pour lui d'exprimer son mal être et de se défendre contre les agressions extérieures. Toutefois, ayant une haute opinion de lui-même, il avait choisi le meurtre spectacle. Le petit mot justifiant son acte était une manière de rejeter sur les victimes la responsabilité de celui-ci.

Le tueur semblait choisir ses proies au hasard. La police n'avait pas réussi à établir de lien logique entre les différents meurtres : Une vieille dame, dans un quartier opposé à celui du premier meurtre. Sans enfant, elle vivait seule en recluse dans un minuscule appartement. Un Garagiste d'une trentaine d'années, puis une jeune femme dans un immeuble miteux du centre-ville. La liste commençait à être longue, en tout, six meurtres.

Toujours la même scène : Une porte, un pieu et une victime ensanglantée.

Toujours cette petite phrase insensée « c'est les cons qu'il faut punaiser... »

L'enquête piétinait... Les braves cons s'inquiétaient...

- 4 -

Quelqu'un sonna à la porte, Sylvie alla ouvrir. Elle n'a pas eu le temps de s'habiller, tant pis, se dit-elle. Le dimanche matin, elle traînaillait toujours en peignoir, regardait des séries télévisées ou lisait le journal. D'ailleurs, ces derniers temps, elle avait délaissé la télévision, à cause des meurtres commis en ville. Être au centre d'une affaire de tueur en série, ce n'était pas donné à tout le monde. Alors elle s'attardait sur les détails, les photos des victimes, les commentaires des psychiatres.

Un homme se tenait devant sa porte, il lui montra une carte de police.

– Madame Hans ? Sylvie Hans ?

– Oui, c'est moi... Que se passe-t-il ? Vous êtes de la police ? demanda-t-elle inquiète.

– Oui

– C'est pour mes contraventions ?

Le policier passe sa langue sur ses lèvres, hésitant à poursuivre... « C'est à propos de Jean-Paul Hans, votre époux... »

– Oh ! Presque ex-époux... Nous allons divorcer ! Qu'a-t-il encore fait ?

– Rien, Madame, il est mort...

– Mort ! Sylvie se retient au chambranle de la porte, comment ? Où ?

– Puis-je entrer Madame ? J'aurai quelques questions à vous poser.

Sylvie recula et laissa le policier s'installer sur le fauteuil du salon. La pièce était exiguë, les rideaux tirés. Il y régnait une atmosphère pesante peut-être causée par l'odeur de rance qui flottait à l'intérieur de la maison. Il la regarda, l'air désolé.

– Madame... Monsieur Hans a été victime du tueur qui sévit actuellement sur la région...dit-il tout en observant les meubles et les bibelots qui encombraient la pièce.

– Le tueur ?

Sylvie était stupéfaite, elle maîtrisait du mieux qu'elle pouvait les tremblements de son corps

Le tueur au pieu, celui qui punaise les gens ?! Quelle horreur, pauvre Jean-Paul ! Malgré ses efforts, elle éclata en sanglots.

– Je suis désolé... On l'a retrouvé ce matin, gisant devant sa porte... Si cela peut vous consoler, il ne semble pas qu'il ait souffert... Pourriez-vous répondre à quelques questions ?

Elle se calma, respira profondément et tout en séchant ses larmes, elle acquiesça d'un signe de la tête.

– Vous étiez séparés depuis longtemps ? demanda l'inspecteur.

– Quelques mois... Jean-Paul avait pris un appartement dans le centre-ville, j'ai gardé le pavillon...

– Vous étiez restés en bons termes ? il lança un coup d'œil sur leur photo de mariage posée sur une étagère.

– Euh... Pas vraiment... Il m'a fait beaucoup souffrir, inspecteur, il était infidèle... Vous êtes bien inspecteur, hein ?

– Oui, inspecteur Laval. Donc en mauvais termes, je vois. Et lui connaissiez-vous des ennemis ? Enfin quelqu'un qui aurait souhaité sa mort ? demanda-t-il, mâchouillant son crayon en lui lançant un regard inquisiteur.

– Non, je ne vois pas... Il avait une vie tranquille... Des aventures avec des filles, mais rien de bien méchant... Non, inspecteur, c'était quelqu'un de normal avec des qualités et des défauts, mais pas un mauvais gars...

– Que faisiez-vous hier soir vers vingt-trois heures trente ? dit-il brusquement en la fixant du regard.

Elle se raidit à cette question, et pensa immédiatement que l'inspecteur la suspectait de quelque chose.

– Je venais sûrement de rentrer de mon boulot... J'ai fini mon service à la cafétéria du centre commercial vers onze heures...

– Une demi-heure, c'est long, pour faire un trajet aussi court...dit-il en haussant les sourcils.

– C'est-à-dire que... Le temps de dire au revoir aux collègues sur le parking, et puis avec la fatigue le soir, je fais attention en voiture... Je ne suis pas sure de l'heure exacte, j'avoue que je suis pas toujours en train de regarder ma montre ! se défendit-elle.

– Personne avec vous ? il leva les yeux de son carnet et la vit secouer la tête de droite à gauche. Bon... il prenait des notes avec frénésie.

– Vous me suspectez ?

– Ne vous inquiétez pas, ce sont des questions de routine, on ne peut rien laisser au hasard !

– Mais vous m'avez dit que c'était le tueur au pieu !

– Oui, mais c'est bien quelqu'un ce tueur... Une femme délaissée... Ou un amant... On ne sait jamais !

– Les journaux disent que c'est un tueur fou qui..."Il ne la laissa pas terminer.

– Madame ! N'écoutez pas tout ce que racontent les journaux, ils n'ont pas toutes les données de l'enquête, sans compter qu'il y a eu déjà des cas de meurtriers, qui tuaient plusieurs personnes pour faire croire à l'hypothèse du fou, pour finalement tuer quelqu'un de précis pour un héritage ou par vengeance.

Elle resta muette, et tritura son mouchoir.

– Pauvre Jean-Paul, tout de même ! dit-elle au policier sur le pas de la porte tandis qu'elle le raccompagnait.

Une fois qu'il fut reparti, Sylvie fonça vers le téléphone pour appeler son amie Hélène Godet. Elle lui expliqua, entre deux crises de larmes, ce qu'il venait de se produire. L'autre répondit qu'elle venait immédiatement.

Effectivement, un quart d'heure plus tard Hélène Godet arriva chez Sylvie.

Sylvie avait les yeux gonflés et rougis par des pleurs répétés depuis l'annonce de la terrible tragédie. Elle s'écroula sur son fauteuil. L'amie referma la porte, vint s'asseoir près d'elle et tenta de la réconforter.

Sylvie était une femme d'aspect fragile, de caractère doux mais instable. Son amie Hélène, au contraire, était grande et fortement charpentée, elle avait un regard où se lisait la colère, une colère retenue. Néanmoins, elle dit à son amie tout en plaquant ses cheveux bruns et filasses derrière ses oreilles :

– Sylvie, calme-toi ! Je sais que c'est affreux, mais je ne comprends pas que tu te mettes dans un état pareil !

– Mais Hélène, on a été ensemble pendant des années...

– Je sais, je sais... Je suis très triste qu'il ait terminé comme ça, mais vous étiez séparés, presque divorcés... Je te connais, si tu te laisses aller, tu vas retomber en dépression, reprends-toi, s'il te plaît ! lui conseilla-t-elle.

– Je vais essayer. Ça m'a fait un tel choc ! Le tueur... Jean-Paul... Pourquoi lui ?

– Je sais pas... Ils n'ont pas dit dans le journal que le tueur laissait un message auprès de la victime ?

– Oui, un truc comme... Attends, que je me souvienne... Il faut écraser les cons comme des punaises, ou quelque chose comme ça...

– C'est ce qu'ils ont dit dans le journal ? Tiens, je croyais que c'était un truc du genre, c'est les cons qu'il faut punaiser, enfin je me trompe peut-être. En tous cas, il parle de con, le tueur ! Et tu m'excuseras mais Jean-Paul comme con, il se posait là !

– Tu exagères ! Heureusement que le flic de tout à l'heure ne t'entend pas ! Tu aurais vu toutes les questions qu'il m'a posées, j'ai même cru qu'il me suspectait !

– Ne sois pas ridicule ! Des questions de routine, il faut bien qu'il justifie de son salaire...elle sourit tout en la prenant par les épaules.

– T'as sûrement raison. Et puis, je vois pas pourquoi, j'aurai tué Jean-Paul...

– Tu veux que je résume ? Il t'a trompé à tire Larigot, promis monts et merveilles, et après avoir vidé tes comptes de tes économies, il a pris la poudre d'escampette. À part ça, tu n'avais aucune raison !

– C'est vrai, mais on ne tue pas quelqu'un pour si peu de choses !

– Va savoir !

– Tu te moques... C'est pas drôle, tu sais ! Un homme est mort, un homme avec qui j'ai vécu pendant de longues années, et même s'il s'est mal conduit, il faut respecter sa mémoire... elle recommença à pleurer.

– Sylvie, arrête de pleurer ! Tu m'énerves ! Tu t'apitoies sur le sort d'un sale con, tu ferais mieux de te préoccuper des questions de la police, penses à toi, pour une fois. Je me fais du souci pour toi, tu es ma meilleure amie, tu comprends ça ?

– Oui, toi aussi... « Elle renifla. » Je vais me ressaisir, je te promets !

– Bon, tu me rassures... Tu sais pour Jean-Paul tu ne peux plus rien, à part t'occuper de ses funérailles, et mettre en ordre ses affaires. Il faut avertir sa famille. Je vais t'aider, tu vas voir d'ici quelques jours tu te sentiras mieux.

– Merci, Hélène. Heureusement que tu es là, je ne tiendrais pas le coup sans toi...

– Bien sûr que si ! Tu es beaucoup plus forte que moi, tu encaisses toujours les coups durs, la tête haute ! moi, j'éclate de colère mais à part ça c'est du vent... Regarde avec le patron, tu as vu comme il me traite et bien, je m'écrase...

– T'as besoin de bosser, c'est tout.

– Ben oui...

- 5 -

Le commissaire Frelon avait regroupé tous ses inspecteurs dans son bureau pour récapituler toute l'affaire du « tueur au pieu » . Il mâchonnait un morceau de bâton de réglisse tout en songeant que vraiment il n'avait pas choisi le bon moment pour arrêter de fumer.

– Alors résumons... Nous en sommes à sept meurtres... Et toujours rien, pas d'indices ! dit le commissaire sur un ton sarcastique.

Un des inspecteurs pris la parole.

– Non, rien... Le labo a analysé les pieux retrouvés sur les victimes. Trente à trente-cinq centimètres selon les cas... En bois, banal, acéré. La pointe a sûrement été taillée par le tueur, elle est très pointue... Le technicien a remarqué que le tueur avait sûrement tapé avec force sur l'extrémité opposée de l'arme... Peut-être avec un marteau ou...

– Peut-être ! Inspecteur Benoît, aucune certitude ? fit le commissaire.

– Non, désolé. Ça c'est pour le pieu... il feuilletait son rapport, rien sur les corps, pas de fibres, pas de cheveux, rien d'exploitable au niveau ADN... Quant aux indices sur les lieux, pareil, on a rien, pour l'instant du moins... Pour le message retrouvé sur chaque corps, et bien toujours rien de spécial. Papier banal issu d'un carnet du type de ce qu'on trouve en supermarché, encre de stylo bille, aucune empreinte...

– Rien, rien... Aucune empreinte... Le tueur prend la peine de ne laisser aucune empreinte, mais nous donne un message manuscrit, je ne comprends pas sa façon de procéder...

Le commissaire réfléchissait les yeux au plafond.

– J'ai pensé que peut-être le tueur est tellement sûr de lui qu'il essaie de nous narguer...

– Et alors ! On le sait qu'il nous nargue ! répondit énervé le commissaire, Inspecteur Benoît, on ne vous paie pas pour réfléchir ! Vous êtes là pour récolter des indices, des informations... Je vous conseille de retourner au labo, et de demander qu'on active le mouvement !

L'inspecteur Benoît quitta promptement le bureau afin de suivre les ordres. La réunion continua, les autres inspecteurs étaient dans leurs petits souliers, eux, non plus, n'avaient pas grand-chose...

– J'ai le rapport du médecin légiste, tenez commissaire ! dit l'inspecteur Roulet en tendant un dossier beige. Le commissaire le parcourut des yeux, et puis d'un air las dit :

– Je vois que là aussi, rien...

– Eh bien, les victimes sont toutes poignardées en plein cœur à l'aide d'un pieu. Le tueur a pris soin de les assommer en premier lieu, pour faciliter le travail.

D'après le médecin, la victime inconsciente gît à même le sol, couchée sur le dos, le tueur se saisit de son arme et l'enfonce dans le cœur utilisant une grande force pour ce faire... Puisque les blessures sont nettes. Les tissus sont endommagés de façon verticale, pas de déchirure autour de la plaie. Un seul coup, perpendiculaire au corps, avec une force stupéfiante.

La tâche de sang retrouvée devant chaque porte, tend à corroborer le fait que le tueur ait utilisé un marteau ou autre objet faisant le même usage... Le sang coule sous le dos de la victime lors de l'impact...

– Et à part ça ? demanda le commissaire qui ressentait maintenant une légère nausée.

– Le marteau a pu décupler la force du tueur, ce n'est donc pas forcément quelqu'un de très costaud, comme on le pensait au départ... Ni même quelqu'un de très grand puisque les victimes étaient couchées au moment du décès. Le tueur installe la victime contre sa porte, mais il est à noter que celle-ci n'est pas accrochée sur la porte... Peut-être à cause du poids des victimes ou de la difficulté de faire pénétrer le pieu dans la porte. Voilà, pour moi, je crois que c'est tout ! dit l'inspecteur Roulet satisfait.

– C'est peu. Si le tueur n'a pu soulever les victimes ça appuie la thèse d'une personne d'une constitution banale... Intéressant... Il agit plutôt de façon symbolique en disposant ainsi les corps... De sorte que tout le monde puisse les voir, les admirer...

– Les journaux en ont rajouté en disant que les victimes étaient punaisées sur leur porte ! dit l'inspecteur Roulet. Personne dans le bureau n'osa relever cette remarque, sachant pertinemment que le commissaire Frelon détestait les journalistes.

Le commissaire fouilla dans la pile de dossiers qui se trouvait face à lui, sur son bureau. Quelques minutes plus tard, Il trouva enfin ce qu'il cherchait.

– Voici, le rapport de l'inspecteur Laval, sur les premières informations qu'il a pu dénicher sur le dernier meurtre, celui de Jean-Paul Hans. La femme du défunt a répondu à quelques questions, il en ressort qu'ils étaient sur le point de se divorcer...

Elle n'a pas d'alibi pour le soir du meurtre... Moi, non plus d'ailleurs (il se mit à rire de sa mauvaise blague.) À part ça, le voisinage n'a rien mentionné de spectaculaire, homme discret, pas de bruits, quelques liaisons sans importance... – Bref, rien qui sorte de l'ordinaire. Inspecteur Laval ? Quelque chose à ajouter ?

– Non, commissaire. Je n'ai rien de plus pour l'instant. L'enquête sur l'entourage des victimes n'a rien donné. À moins qu'il y ait quelque chose qui nous soit passé sous le nez sans que l'on s'en aperçoive... j'avoue que je patauge... L'inspecteur Laval était ennuyé de le reconnaître.

– Bon, retournez tous au boulot... Fouillez chaque zone de cette ville, interrogez les clients de nos fichiers. Il y a bien un type avec casier judiciaire qui pourrait correspondre au profil du tueur ! Ce n'est pas possible autrement ! Je vous rappelle que tout le monde est sur mon dos me réclamant une arrestation, alors, au travail ! Je veux des résultats au plus vite avant que ce cinglé recommence !

Les inspecteurs se levèrent tous en silence, chacun se demandant comment faire pour clore cette enquête alors qu'ils n'avaient pas le moindre début d'indice, si ce n'est des morceaux de messages incompréhensibles et quelques pieux usagés...

Une fois seul, le commissaire reprit son bâton de réglisse, le mâchouilla pendant quelques secondes puis énervé, le jeta en travers de la pièce. Il hurla « Sonia ! » Celle-ci apparut dans l'embrasure de la porte entrouverte, l'air craintif, elle couina un petit « oui, commissaire ? »

– Je veux des cigarettes ! Compris ? Immédiatement ! Blondes, brunes, avec filtres ou sans, je m'en fous ! Exécution !

Elle disparut à la vitesse de la lumière et quelques secondes plus tard, légèrement échevelée, elle réapparut tendant une cigarette et un briquet au commissaire qui lui lança simplement un « foutez-moi ce paquet de réglisses aux ordures ! » Et c'est ce qu'elle fit sans broncher.

- 6 -

Le calme était revenu dans la salle de la cafétéria, les clients étaient repartis comme ils étaient venus, en troupeau.

Sylvie faisait sa caisse. Hélène nettoyait les tables. Émilie lavait le sol de l'entrée. Quant à Jacques Delmont, le chef de tout ce petit monde, le manager, nom pompeux s'il en est, surveillait l'avancée du travail. Critiquant à droite, demandant d'accélérer le mouvement à gauche et jetant un œil de temps en temps sur les comptes de Sylvie.

Tout en travaillant, les femmes discutaient du tueur au pieu. Sylvie se lamentait sur le sort de son« pôvre Jean-Paul », Hélène tentait en vain de changer de sujet tandis qu'Émilie était intarissable sur le sujet.

Quant à Jacques Delmont, le chef de tout ce petit monde, le manager, nom pompeux s'il en est, surveillait l'avancée du travail.

– Tu crois qu'il va recommencer ? s'enquit Émilie.

– S'il est du genre à traquer les cons, il a du boulot devant lui ! dit Hélène en s'esclaffant.

– Hélène ! Je t'en prie... Pense à Jean-Paul...fit Sylvie.

– Justement ! reprit Hélène.

– Mesdames ! Au lieu de bavasser, il faudrait terminer ! On ne va pas y passer la nuit !

– On y va, on y va... dit Hélène.

– Nous, Monsieur Delmont, nous sommes capables de faire plusieurs choses à la fois ! lança Sylvie tandis qu'Émilie la regardait narquoise.

– J'en doute... Bon, si vous me cherchez, je suis en cuisine, histoire de voir si là-bas le travail est fait ! Jacques Delmont s'en alla en haussant les épaules.

– Quel con ! dit Hélène.

– C'était bien envoyé Sylvie ! commenta Émilie.

– Faut pas se laisser marcher sur les pieds !

– C'est lui que le tueur devrait punaiser ! dit Hélène.

– T'as raison ajouta Émilie.

– Oui, mais les filles, vous imaginez la taille du pieu qu'il faudrait pour un con pareil ! Sylvie se mit à rire. Les autres la regardèrent interloquées puis finalement rirent aussi. Soudain, Sylvie stoppa net, se reprit, et dit :

– Ce n'est pas drôle... Jean-Paul en est mort.

- 7 -

Il était devant sa porte, comme un con. Il baignait dans une mare de sang, avec un pieu planté en pleine poitrine. Un message accroché sur son tee-shirt maculé. Chose étrange et inhabituelle, le tueur avait posé une serpillière sur la tête de Jacques. De fait, on ne voyait pas son visage.

La police arrivée sur les lieux prirent les photos d'usage, avec et sans la serpillière. Puis on prit grand soin du message et du pieu, ils furent immédiatement envoyés au laboratoire pour qu'ils soient minutieusement analysés.

Très rapidement, l'endroit fut pris d'assaut par des curieux. Des voisins, puis des journalistes. On ne les laissa pas approcher de peur qu'ils dérangent la scène du crime ou qu'ils fassent disparaître des indices.

L'inspecteur Laval, après investigations auprès du voisinage, remarqua immédiatement que la victime travaillait dans la cafétéria où la femme de la précédente victime était employée. Cette coïncidence lui donna le frisson. Le genre d'excitation que l'on ressent quand on se pense près du but. C'était effectivement la première fois qu'il y avait un lien entre deux victimes. Pour l'inspecteur Laval, cette information était suffisamment intéressante pour qu'il grimpe dans sa voiture et qu'il se précipite au domicile de la dite épouse.

Il arriva aux abords de la résidence pavillonnaire. Un quartier calme, désert. Quiconque commettrait des meurtres pourrait aller et venir, même en plein jour, sans se faire remarquer. Il sonna à la porte de Sylvie Hans. Elle apparut, étonnée de le revoir.

– Bonjour, inspecteur ! Vous avez du nouveau pour mon mari ?

– Bonjour ! Non, rien pour l'instant. Puis-je entrer...

– Euh ! Oui, bien sûr ! Veuillez m'excuser, mais je ne suis pas encore habillée. Je me suis couchée tard et...

– Couchée tard, répéta-t-il tout en entrant dans la maison.

– Oui. On a eu du monde hier soir à la cafétéria.

– Et vous rappelez-vous à quelle heure vous êtes revenue ? demanda l'inspecteur innocemment.

– Hé bien non, je ne saurais dire... Je suis partie la dernière... Alors peut-être minuit. Pourquoi toutes ces questions, inspecteur ?

– Jacques Delmont a été assassiné cette nuit ! asséna-t-il tout de go à une interlocutrice ébahie.

– Mon chef ! Delmont ?

– Oui. Quelle coïncidence tout de même ! Le tueur a frappé deux fois dans votre proche entourage.

– Oui... C'est terrible ! Je commence vraiment à avoir peur !

– Je vous comprends d'autant que vous n'avez aucun alibi ! Ni pour le meurtre de votre époux, ni même pour celui de Monsieur Delmont ! dit-il ironique.

– Inspecteur ! s'écria-t-elle « vous ne pensez tout de même pas que je suis l'auteur de ces meurtres ! C'est ridicule ! »

– Ridicule ? Je ne pense pas... il l'observa scrupuleusement. Elle était d'une constitution normale pour une femme, pas très grande, plutôt mince. Il avait du mal à l'imaginer avec un pieu et un marteau, néanmoins il continua :

Si vous n'y voyez aucune objection, je vais appeler une équipe de policiers qui va jeter un œil dans votre pavillon.

– Mais je... Non, bien sûr... Allez-y, je n'ai rien à cacher.

Elle regarda le policier téléphoner, calmement. De toute manière, il n'y avait rien, donc pourquoi s'affoler, pensa-t-elle.

Chaque recoin de la maison fut fouillé. Les tiroirs vidés, les sacs poubelles inspectés. Au bout d'une demi-heure de recherches infructueuses, les policiers s'attaquèrent au jardin puis au garage.

Alors que l'équipe commençait à fatiguer, on entendit quelqu'un appeler :

– Inspecteur Laval ! On a quelque chose !

Sourire victorieux de Laval qui se précipite à l'extérieur. Sylvie reste immobile, impassible.

– On a trouvé des pieux dans la soupente du garage ! dit un policier en uniforme.

– Montrez-moi ça ! répondit l'inspecteur Laval dont l'excitation était à son comble.

Ils allèrent voir de plus prés. Dans un recoin de la sous-pente du garage, se trouvait effectivement un petit tas de pieux, en bois, de tailles variables qui ressemblaient à ceux utilisés par le tueur. On appela le photographe qui prit des clichés des piquets et de l'endroit où ils étaient dissimulés. L'inspecteur dressa un constat du résultat de la perquisition au domicile de Sylvie Hans.

On lui expliqua brièvement sa situation de suspecte. Un policier en uniforme lui passa les menottes pour l'emmener au poste de police afin de subir un interrogatoire plus poussé. Celle-ci clama son innocence tandis qu'on l'embarquait dans la voiture de la police judiciaire...

- 8 -

Le commissaire Frelon trouva que les motifs de l'arrestation de Sylvie Hans étaient peu solides. Cependant, il décida d'attendre de voir ce que donnerait l'interrogatoire serré de l'inspecteur Laval ainsi que les investigations plus poussées sur cette femme.

L'inspecteur après avoir bu un café bien fort entra dans la salle où se trouvait Sylvie Hans. Celle-ci semblait parfaitement détendue. Elle était assise sur une chaise peu confortable mais restait dans la même position, sans bouger, le regard tourné vers la fenêtre, pensive. L'inspecteur Laval toussota pour lui signifier son arrivée. La femme tourna vers lui son visage, et sourit.

– Inspecteur ! Vous voilà enfin, je me demandais si vous ne m'aviez pas oubliée !

– Aucun risque ! Je vous rassure. Je dois vous poser quelques questions, répondit le policier.

– Des questions, toujours des questions ! Comme je vous l'ai dit tout à l'heure, je n'ai rien à me reprocher, ni pour Jean-Paul, ni pour Delmont... elle réajustait sa tenue tout en parlant, pour se maîtriser, pensa Laval.

– Et pour les autres ? lança-t-il à brûle-pourpoint.

Elle lui jeta un regard noir et répondit d'un ton badin :

– Les autres ? Je ne les connaissais pas, les autres, Monsieur l'inspecteur.

– On vérifiera ce dernier point. Passons aux alibis, vous n'avez rien pour Delmont, et rien non plus pour votre époux, curieux, non ?

– Non, ça n'a rien de curieux. Je travaille tard, je vis seule. Que voulez-vous, je ne savais pas que j'aurai besoin d'un alibi ! J'étais séparée de mon mari et nous allions divorcer, je vous l'ai dit, mais en aucun cas ce n'est un motif pour assassiner quelqu'un... Quant à Delmont, il était mon chef au boulot, nous avions de simples relations de travail.

– Et les pieux ? Ceux cachés dans la soupente de votre garage ?

– Ils n'étaient pas cachés, comme vous le dites, ils étaient rangés, nuance ! C'est Jean-Paul qui les avait mis là, quand il avait refait la clôture ou un truc comme ça...

– Mouais... Peu convaincant...

– De toute façon, je ne me rappelais même plus qu'ils se trouvaient dans le garage !

– Comme c'est commode, la mémoire vous jouent des tours, semble-t-il, Madame Hans !"

Il resta silencieux quelques minutes tout en relisant ses notes, il demanda abruptement :

– Et le petit calepin ?

Il lui montra le carnet aux feuilles blanches, reliées par deux simples agrafes.

– Oui, un carnet et alors ? Vous n'avez pas de carnet du même genre chez vous ? C'est ridicule ! Vous n'avez rien contre moi, hormis le fait que je connaissais deux victimes et que je possédais quelques malheureux pieux dans mon fichu garage !

Elle était à présent en colère. L'inspecteur Laval reconnut en son fors intérieur que son dossier contre elle était bien mince.

Il se reprocha de s'être emballé aussi vite même si elle était le premier suspect qu'il avait réussi à trouver dans cette affaire. Soudain, un autre inspecteur pénétra dans la salle d'interrogatoire, le sourire aux lèvres. Il tendit quelques feuillets à Laval. Celui-ci parcourut rapidement le rapport, leva la tête et remercia son collègue qui quitta la pièce immédiatement.

– Madame Hans, on a fouillé votre casier à la cafétéria, rien d'intéressant pour nous... Néanmoins, il y a un témoin qui vous a entendu parler de punaiser Monsieur Jacques Delmont. Vous aviez semble-t-il des rapports houleux avec votre chef, ce que plusieurs personnes ont confirmé, donc je me vois dans l'obligation de vous garder cette nuit...

La femme le regardait fixement, mais se tut.

– Vous pourrez passer les coups de fil d'usage. À un avocat par exemple, cela me semble tout à fait indiqué !

Il se leva, tapota ses dossiers pour les remettre en ordre puis la salua, froidement. Sylvie resta figée sur sa chaise sans mot dire et regarda l'inspecteur quitter la salle.

La nouvelle de l'arrestation se répandit dans toute la ville. L'ensemble de la ville était d'une part, étonné que le meurtrier soit une femme, et d'autre part, soulagé de la savoir sous les verrous. Cependant, un peu de mesure eut été plus raisonnable parce que cette nuit-là, le tueur au pieu frappa encore. Peu importe qui fut choisi. Un pauvre passant qui traînait en pleine nuit dans une ruelle du centre-ville. Assommé puis transpercé mortellement par le pieu, il reçut un petit mot, lui aussi.

À la découverte du crime, la police ne savait plus où elle en était, consciente qu'elle avait commis une regrettable erreur en arrêtant un pauvre femme, innocente, puisque le dernier meurtre avait été commis alors qu'elle était en prison.

Quelle déconvenue pour les journaux qui avaient titré pour la Une matinale « le tueur au pieu est une femme ! » En gros caractères gras.

Sylvie ressortit quelques heures après la macabre découverte, et rentra chez elle comme une voleuse.

Elle dut franchir une haie de photographes qui l'attendaient de pied ferme devant son portail. Elle courut s'enfermer à double tours dans sa maison et s'effondra de fatigue sur son fauteuil.

- 9 -

L'inspecteur venait de se faire passer un savon par le commissaire Frelon. Laval était furieux de s'être fait humilier devant l'assemblée de ses collègues. Cependant, ce qui le mettait vraiment hors de lui c'était de s'être trompé, d'avoir commis une terrible erreur. Son orgueil en souffrait. C'est pourquoi, il décida sur le champ de continuer l'enquête avec encore plus d'acharnement qu'auparavant. Pour ce faire, il reprit minutieusement tout le dossier de l'affaire relisant tout en prenant des notes à chaque page. Tout y passa, les rapports concernant les autopsies, les études faites sur les pieux, les messages. Les biographies des différentes victimes et enfin, les inventaires des papiers et objets personnels de celles-ci. Et là, il la vit la petite chose insignifiante qui lui était passée sous le nez et qu'il avait superbement ignorée. À partir de ce petit détail, il reconsidéra tout le reste de l'affaire et tout devint clair comme de l'eau de roche.

Quand il annonça la nouvelle à son commissaire, celui-ci hurla :

– Mais vous êtes fou ! Vous remettez ça ! il argumenta pour défendre son point de vue et étrangement, il réussit à convaincre Frelon.

– Allez-y mais avec calme et discrétion, cette fois-ci ! N'oubliez pas de faire comparer les écritures par les graphologues, OK ? Surtout pas deux fois la même erreur, je vous en prie ! Je n'ai pas envie de me retrouver muté dans un trou perdu au milieu de la France profonde !

L'inspecteur ne traîna pas. Il se précipita hors du commissariat accompagné de l'inspecteur Roulet. Ils sautèrent dans leur voiture, direction... La cafétéria !

- 10 -

Roulet et Laval entrèrent dans le restaurant calmement pour ne pas attirer l'attention des clients attablés dans la salle. Ils allèrent directement dans le bureau du directeur pour lui expliquer la situation. Ce petit homme bedonnant se contenta de pâlir, se disant que quoiqu'il fasse, son établissement ne passerait pas au travers d'une publicité tapageuse.

Ils se rendirent tous les trois vers la pièce où se trouvaient les casiers des employés. Le directeur en désigna un du doigt, pris la clef et l'ouvrit. Il s'écarta du casier pour laisser place aux inspecteurs impatients.

Ils fouillèrent chaque étagère, ouvrant des sacs en plastiques qui s'y trouvaient tout en chuchotant l'un et l'autre. Roulet prenait des notes fébrilement. Laval glissait des objets dans des sacs en plastique transparent prévu pour recevoir les preuves. De son portable, Laval appela le commissariat pour que l'on vienne immédiatement poser des scellés. Enfin lorsque la fouille fut terminée, il laissa son collègue devant le casier pour qu'il attende le renfort. Il se dirigea d'un pas décidé vers la salle de restaurant, vers Hélène Godet, plus exactement.

Celle-ci le reconnut tout de suite, elle posa le chiffon qu'elle tenait à la main sur la table qu'elle venait d'essuyer. Elle l'attendit. Il se posta devant elle, les mains sur les hanches et lui dit simplement :

– Je suppose que vous savez pourquoi je suis venue vous voir ?

Elle répondit laconique « oui, inspecteur. »

Il lui passa directement les menottes sans autre préambule et l'invita à sortir dans le calme pour ne pas trop se faire remarquer. Elle accepta en le remerciant de sa délicatesse. De son côté, il pensa simplement en lui-même, qu'il voulait éviter de reproduire la même erreur qu'avec Sylvie Hans.

Une dizaine de minutes plus tard, Hélène se retrouvait assise sur la chaise, que son amie Sylvie avait occupé deux jours avant elle.

La différence, c'est qu'Hélène était beaucoup moins calme que la précédente invitée de l'inspecteur Laval. Celui-ci, adossé contre le mur de la salle d'interrogatoire, alluma une cigarette, et se contenta de l'observer. Il voulait faire monter la pression. Apparemment, il excellait dans cet art. Hélène tapotait ses ongles contre la table qu'elle avait devant elle, sa jambe droite tressautait nerveusement.

Ses yeux noirs allaient et venaient de la fenêtre vers la porte, et de la porte vers l'inspecteur en des mouvements saccadés.

L'inspecteur la trouva grande et forte. Assez forte, songea-t-il pour assommer ses victimes et les traîner vers la porte. Elle était âgée d'une quarantaine d'années, cheveux bruns ternes, un visage ni beau, ni laid, seulement quelconque... Pire que tout.

Il se résolut enfin à s'asseoir en face d'elle pour commencer l'interrogatoire. Elle sembla être soulagée de le voir changer de position. Il semblait que son immobilité l'avait mise mal à l'aise, « tant mieux » se dit-il.

– Madame Hélène Godet, vous vivez seule dans un appartement du centre-ville, me semble-t-il ?

Elle avala sa salive et répondit « oui, je suis locataire... »

– Oui, je sais, c'est ce qui m'a plu chez vous, si j'ose dire ! il avait un air moqueur.

– Ah bon... elle ne comprenait pas où il voulait en venir.

– Enfin, nous verrons cela plus tard... Passons à l'histoire de votre casier ! dit-il enjoué, on y trouve des choses inattendues : gants tachés, probablement de sang, ce que nous confirmeront les analyses. Un calepin avec des feuillets identiques à ceux utilisés pour les messages épinglés sur les victimes... Et le clou du spectacle, si je puis dire... (il sourit de son trait d'humour) Un pieu, en bois, taillé en pointe acérée ! il affichait un air jovial.

Hélène godet resta silencieuse, elle attendait la suite.

– Je vais poser la question d'usage. Avez-vous un alibi pour la nuit dernière ?

– Non, je suis rentrée de mon travail vers vingt-trois heures quarante-cinq, et je suis allée me coucher, seule... dit-elle en se frottant les paupières comme si elle était prise d'une soudaine fatigue.

– Seule... Je m'en doutais... Vous semblez fatiguée, une nuit agitée, peut-être ? il enfonça le clou sans le moindre remord.

– Un cauchemar qui m'a empêchée de dormir... son regard se perdit dans le vague. On eut dit qu'elle se repassait mentalement les images du rêve en question, elle fut parcourue d'un frisson le long de sa colonne vertébrale jusqu'au sommet de son crâne.

– Revenons à cette histoire de location... Cela m'avait échappé, mais la propriétaire de votre appartement, est la vieille dame que l'on a retrouvée dans le centre-ville, pas loin de votre domicile, si je ne me trompe.

– Hum...fit-elle.

– Or, nous avons retrouvé chez elle une lettre manuscrite, signée par vos soins dans laquelle vous tentez de la convaincre de ne pas vendre votre appartement... Elle voulait que vous quittiez les lieux et vous avait donné votre préavis de départ... expliqua-t-il.

– C'est vrai.

– Reconnaissez-vous les faits ? Nous avons les preuves de votre culpabilité dans cette affaire de meurtres...

– Oui... Je prends l'entière responsabilité de mes actes. Dois-je signer quelque chose ? elle paraissait pressée d'en finir.

– Un collègue va passer vous faire signer vos aveux !

Il se leva et quitta la pièce sans même lui jeter un regard. Il avait réussi à la coincer grâce à cette simple lettre, un détail qui avait fait toute la lumière sur cette affaire épineuse. L'analyse graphologique confirmerait que l'auteur de cette lettre et le tueur au pieu était une seule et unique personne : Hélène Godet.

Hélène, seule dans la pièce, recommença à tapoter sur la table, remuant une jambe de droite et de gauche, nerveusement.

- 11 -

Hélène reçut dans sa cellule une seule visite. Celle de Sylvie Hans.

Celle-ci remarqua que son amie était seule dans une cellule du commissariat, attendant son transfert dans une maison d'arrêt. La cellule était propre, quasiment vide. Seulement un lit, une chaise, un petit coin toilette. Sur les murs gris étaient inscrits des messages des précédents occupants : « 1995, Antoine, vive la liberté ! » , « Innocent » , « Morts aux cons » .

Sylvie se demanda si ce n'était pas son amie qui avait écrit cette dernière phrase.

La lumière qui filtrait par le vasistas était faible, Sylvie remarqua néanmoins que son amie avait pleuré.

– Ça va ? Tu tiens le coup ? Lui demanda-t-elle en s'accrochant aux barreaux.

– C'est dur mais tout va s'arranger, tu verras...
Hélène n'avait pas quitté sa chaise.

– Les journalistes font un de ces foins dehors ! Tu verrais ça ! j'ai été obligée de courir de la voiture jusqu'ici

– J'imagine !

– Pourquoi t'as pas nié ? questionna Sylvie d'un ton de reproche.

– Ça ne change pas grand-chose de nier... Je l'ai tué, non ? répondit Hélène tandis qu'elle se levait pour s'approcher de son amie.

– Je sais... chuchota Sylvie.

– J'ai préféré faire des aveux, je ne voulais pas tout gâcher, dit Hélène fermement.

– Tout gâcher ? Sylvie parut étonnée.

– J'ai très vite pensé que c'était toi... Avec le meurtre de Jacques Delmont, j'en ai eu la certitude, mais j'ai fais comme si de rien n'était...

– Et comment as-tu compris ? demanda Sylvie épatée par son amie.

– Je ne sais pas, je l'ai senti, c'est tout !

– J'étais sûre que tu comprendrais, on se connaît si bien toutes les deux !

– Le dernier, c'était pour te faire sortir, je ne voulais pas que tu sois enfermée. Ça été très dur de le faire, c'était un inconnu, il ne m'avait rien fait... Il était là, c'est tout, au bon moment, au bon endroit...

– Tu as laissé le message...

– Oui, j'ai suivi ta façon de procéder pour que les flics y croient, c'était pas bien difficile, et après, j'ai laissé les preuves dans mon casier, pour que cela s'arrête, que tu t'arrêtes !

Des larmes coulaient sur ses joues rouges.

– Oh ! tu sais j'ai descendu ta proprio pour te rendre service, et Delmont c'était pour nous deux, un petit cadeau...

– Et les autres ?

– Des cons... N'en parlons plus, ça me réveille mon mal de tête... Elle se frotta le front.

– Des cons, oui... Ils nous emmerdaient quand même ! Quand on y pense, c'est peu de choses et beaucoup à la fois ! elle rigola.

– Tu vas prendre un avocat ? interrogea Sylvie.

– Bof ! On verra... elle semblait fatiguée de parler.

– Il faut que je m'en aille, j'ai pas le droit de rester trop longtemps, mais je t'oublie pas, tu sais ! Je te ferais sortir d'une façon ou d'une autre, lui assura Sylvie.

– Je sais ! Pars tranquille, je t'ai dit que tout va s'arranger...

Elles se quittèrent donc sur ces quelques mots.

Le lendemain, on retrouva le corps sans vie d'Hélène, qui flottait comme un étendard aux barreaux de sa cellule. Elle s'était pendue dans la nuit à l'aide de son drap dans le plus grand silence. Sur le mur de sa cellule, elle avait gravé avec ses ongles une petite phrase « Il fallait que ça s'arrête ! » Tout le monde s'accordait avec elle sur ce point.

Les journaux parlèrent de cette affaire pendant quelques semaines puis se calmèrent, pour finalement l'oublier et passer à autre chose.

- 12 -

Les mois avaient passé, presque onze. L'inspecteur Laval s'éveilla, il avait une effroyable douleur, derrière le crâne. Il ouvrit péniblement les yeux, une lumière éblouissante, puis une vision surprenante.

Au milieu de son salon, se tenait debout, fière comme Artaban, Sylvie Hans. Elle l'observait le visage impassible. Il la reconnut immédiatement et ne s'expliqua pas la présence de cette femme au beau milieu de son appartement. Elle lui parût plus grande que dans ses souvenirs, plus sûre d'elle aussi. Il tenta de bouger, en vain. Il était attaché sur une chaise. Les bras maintenus dans le dos, les jambes ficelées au point qu'il ne les sentait plus du tout.

Il lui demanda à quoi elle jouait :

– Mais je ne joue pas ! Cher, inspecteur, Laval Fit-elle en appuyant sur chaque mot durement. Il remarqua qu'elle tenait dans sa main droite son arme de service, il comprit que cette fois ci, il était vraiment dans de sales draps.

Elle prit la parole calmement, prenant tout son temps.

– Je ne pensais pas que coincer un flic serait si facile ! Vous assommer fut pour un moi, un jeu d'enfant, mais il est vrai que j'ai acquis une certaine expérience en la matière, elle sourit amusée.

– Vous devriez me détacher...dit-il fermement.

– Monsieur a des exigences ! Non, vous allez rester ainsi... N'êtes-vous pas curieux d'écouter mon récit ? Je suis sûre que si... Hé bien, vous vous êtes conduit comme un idiot, ou un con, choisissez le terme qui vous conviendra le mieux.

– Mais...fit-il.

– Taisez-vous ! ordonna Sylvie, taisez-vous et écoutez ! Hélène Godet, mon amie est morte à cause de votre incompétence... Ce n'était pas elle, le tueur au pieu !

– C'est ridicule, elle a avoué puis s'est suicidée, je n'y suis pour rien ! s'offensa-t-il.

– Elle a commis le dernier meurtre pour me permettre d'être libérée, par amitié... Pour que je m'arrête aussi, c'est ce qu'elle m'a dit la dernière fois que je l'ai vue mais j'avoue que j'y ai pris goût ! Je vais m'y remettre dès que j'en aurai terminé avec vous... Au fait, la lettre que sa propriétaire avait reçue et qui portait sa signature, avait été rédigée par mes soins, cher inspecteur !

Celui-ci fut soufflé par cette annonce. Il en resta bouche bée.

– Et oui, surprise ! Vous semblez pour le moins étonné. Pour le cas où vous n'auriez pas encore compris, j'avais écris cette lettre parce qu'Hélène se plaignait toujours de ne pas savoir écrire comme il fallait. C'est moi qui écrivais toutes ses lettres pour l'administration, le patron, sa propriétaire... C'est pourquoi lorsque vous avez comparé la lettre et les messages, l'écriture était identique ! Parce que c'était la mienne, celle de la meurtrière. Vous comprenez ? Vous vous êtes fié à la signature qui désignait Hélène pensant qu'elle était l'auteur de la totalité du texte. Ce détail accolé aux trouvailles de son casier, et hop ! Affaire bouclée. Les indices que vous avez dénichés à la Cafet', Hélène les avait laissés là après son seul et unique crime, sacrifice devrais-je dire... À la vue de tous pour que vous les trouviez !

– Je ne... Vous avez... L'inspecteur bafouillait, cherchant les mots qui pourraient calmer la meurtrière au pieu. Il se souvint qu'effectivement le contenu de la lettre n'était jamais passé devant l'expert puisque la meurtrière s'était pendue. À l'époque, cela ne semblait pas nécessaire...

– Quand je pense comment tout ça a commencé... J'étais à la caisse, je regardais ce con de Delmont qui installait le portrait de l'employée du mois. Jamais moi, bien sûr ! Il a pris quatre punaises et les a plantées dans la photo d'une de mes collègues, et une petite voix dans ma tête m'a dit « c'est les cons comme Delmont qu'il faudrait punaiser ! » Et puis la voix s'est emballée, je servais les clients qui me prenaient la tête comme souvent « on peut avoir du sel ? Vous vous êtes trompée en me rendant la monnaie... » Et la voix dans mon crâne commençait un inventaire de toutes les méchancetés, les humiliations, tous les cons qui me pourrissaient la vie. Une simple photo sur un mur et quatre punaises, voilà tout...

Sans prévenir, elle leva le bras, l'arme au poing et visa l'inspecteur Laval en plein cœur. Elle s'approcha du corps sans vie de celui-ci et murmura désolée « je ne vous laisserai pas de message, cher inspecteur. »

INFLUENCE NEFASTE

– Je l'ai vue qui tombait sur la chaussée glissante, comme au ralenti. J'ai remarqué la voiture blanche qui fonçait sur elle. Sous l'effet du choc son corps a rebondi comme un jouet sur le bas côté de la route. Le type a freiné du mieux qu'il a pu, il a voulu l'éviter, mais il n'a pas réussi, c'était impossible !

Après avoir réajusté ses lunettes, le Docteur Futay posa ses mains sur son ventre rebondi et observa avec attention, la jeune femme désespérée assise face à lui. Elle était belle mais manquait d'assurance, d'ailleurs elle tentait de dissimuler sa beauté derrière ses grosses lunettes en écaille et une tenue vestimentaire négligée. Ses longs cheveux bruns encadraient son visage, le rendant encore plus pâle. Tout en racontant son histoire, elle mordait ses lèvres bien dessinées.

Il prit la parole d'un ton protecteur.

– Je suppose mademoiselle Moineau que vous venez me consulter à propos du traumatisme causé par cet accident ? Assister impuissante à cette mort vous fait-il ressentir de la culpabilité ?

Elle se tortilla sur le fauteuil, mal à l'aise. Après quelques minutes de silence, elle se décida à répondre.

– Docteur, je suis là pour autre chose... Cet accident n'est que la partie visible du problème... Je savais que cette femme allait se faire écraser...

– Oh ! Je vois, vous pensez être médium, vous avez des prémonitions !

Elle le regarda d'un air désolé.

– Mais non, docteur, il ne s'agit pas de cela ! Vous n'y êtes pas du tout !

– Bien, expliquez-moi tout, je vous écoute.

– Bien, reprenons... Alors que cette femme traversait la rue, dans ma tête, je me suis dit : « Elle ne devrait pas courir, la chaussée est humide, elle va tomber » puis voyant la voiture qui arrivait à vive allure, j'ai pensé : « Elle va se faire écraser ! » Et c'est ce qui est arrivé ! Lorsque j'envisage une catastrophe, la plupart du temps, elle se produit. Ce n'est pas que je porte malheur, non, je ne crois pas... C'est plutôt une sorte d'influence néfaste et incontrôlable que j'aurai sur mon environnement.

Le docteur écrivait sur le dossier les données que lui fournissait sa patiente, qu'il jugea en son fors intérieur fortement atteinte, voir complètement déjantée, remarque qu'il garda pour lui, cela va de soi.

– Une influence néfaste et incontrôlable sur votre environnement... Les personnes, les objets inanimés...

– Et les animaux, docteur, n'oublions pas les animaux ! Je pourrais vous raconter des dizaines d'histoires sur eux ! clama-t-elle, satisfaite de reconnaître dans le médecin, une personne dotée d'un sens de l'écoute hors du commun.

– Bien sûr ! N'oublions pas ces braves bêtes ! Donc, vous êtes intimement persuadée de tout ceci ?

– Oui !

Et cette influence néfaste est un phénomène récent ? Quand sont apparus les premiers troubles ?

– C'est très ancien docteur, cela dure depuis ma plus tendre enfance. Je m'en suis aperçue toute jeune, j'en ai parlé à mes parents, mais ils ont fait la sourde oreille, m'envoyant consulter des rebouteux, des magnétiseurs...

Ce souvenir semblait l'agacer au plus haut point, elle porta ses doigts à sa bouche et commença à se ronger les ongles.

Le docteur Futay inscrivit sur le dossier « Personnalité angoissée, idées fixes, égocentrisme et problèmes liés à la petite enfance. À creuser (!) »,

Il leva les yeux de ses notes et remarqua qu'elle s'attaquait toujours à ses ongles, il lui demanda :

– Vous êtes nerveuse ? Expliquez-moi pourquoi !

– J'ai peur, docteur, affreusement peur ! balbutia-t-elle, les mains tremblantes.

– De quoi ?

– De moi ! J'ai peur de moi ! Rendez-vous compte ! Dès que j'ai une mauvaise pensée, elle se réalise ! Envers les autres comme envers moi-même. D'ailleurs, je dois faire un énorme effort pour ne pas penser, vider mon esprit... C'est épuisant !

– J'imagine que ce doit l'être... Racontez-moi les pensées négatives envers vous qui se sont réalisées.

– Il y en a eu tellement ! fit-elle en levant les mains au ciel, petite, j'avais un cochon d'inde, vous savez, cette espèce de petit rongeur rondouillard et très calme...

– Oui, oui, je vois, répondit-il impatient.

– Eh bien, il vivait dans une cage et ma mère mettait du papier journal dans le fond de celle-ci pour qu'il y fasse ses besoins. Un jour, mon père nous a affirmé :

– C'est plein de plomb l'encre d'imprimerie, il va crever s'il continue de manger ce papier...

Cette idée s'est imposée à moi. Dès le lendemain, le pauvre petit animal était mort... D'ailleurs pour me consoler, on m'a racheté des animaux, ils ont tous suivis le même chemin. Mon père disait qu'il en avait marre de faire le croque-mort, que le jardin était plein de trous...

À cette image, le docteur eut envie de rire, mais il se retint, mettant sa main devant sa bouche pour cacher le sourire qui malgré tous ses efforts, lui venait aux lèvres.

– Ce sont des animaux fragiles, ce doit être l'explication, ne pensez-vous pas ?

– Oui, c'est ce que tout le monde a dit à l'époque...

– D'autres exemples ?

– À l'école, j'étais une enfant discrète, timide. Je m'asseyais au fond, me tassant sur mon siège pour ne pas me faire remarquer.

Lorsque le professeur disait"je vais interroger un élève, au hasard... « En moi-même, je pensais, ça va être moi, ça va être moi » , et bien sûr le professeur annonçait « Mademoiselle Moineau au tableau ! »

– Coïncidence malencontreuse, voilà tout. Ceci est arrivé à tout le monde, je vous assure !

– Si vous le dites !

La jeune femme continua sur sa lancée.

– En sport, je me disais « t'es pas douée, tu vas tomber, te casser la jambe ! » Bingo ! elle tapa un grand coup sur le bureau du docteur Futay qui sursauta.

– Idem, mademoiselle Moineau ! Votre subconscient a influencé votre comportement, vous rendant maladroite, c'est alors que l'accident survient !

– D'accord, admettons. Parlons de mon influence sur les autres alors !

– Oui, je vous écoute...

Il croisa les mains sur son carnet, prenant un air attentif.

– La femme qui s'est fait écraser sous mes yeux, ce n'était pas la première fois, loin s'en faut... J'ai vu plus d'accidentés de la route dans ma courte vie qu'un pompier en exercice dans toute la sienne ! Toujours le même rituel, une pensée négative, un accident... Accidents du travail également, plus ou moins grave, je vous rassure, ce n'est pas toujours mortel pour les victimes de mes idées ! Chute d'échafaudage que je jugeais trop haut, scie sauteuse, machine à couper le jambon chez le charcutier... Il a été obligé de changer de métier depuis qu'il a perdu les doigts de la main droite !

– Abrégeons, abrégeons... Tenez-vous-en aux faits !

– J'essaie de vous faire comprendre l'influence que je peux avoir sur ce qui m'entoure !

– Oui, je veux bien... Mais je crois que vous vous croyez détentrice d'un pouvoir surnaturel, quasidivin ! Il faudra de nombreuses séances pour gommer ce problème ! lui asséna-t-il autoritaire.

Elle acquiesça, penaude.

– Docteur, je ferais n'importe quoi pour que ce cauchemar s'arrête ! Mademoiselle Moineau avait un ton suppliant.

À ce moment précis, la secrétaire du médecin frappa discrètement à la porte. Celui-ci la pria d'entrer. Elle lui chuchota quelques mots à l'oreille, il fit oui de la tête. Elle ressortit rapidement. La patiente du docteur Futay la regarda intensément, le visage crispé.

– Reprenons ! dit le médecin.

– Elle ne devrait pas porter des talons aussi haut, c'est dangereux, elle pourrait tomber ! le visage de la jeune femme devint extatique en se remémorant la scène.

– Elle n'est pas tombée ! Détendez-vous... Où en étais-je ?

La secrétaire revint dans le bureau, portant l'agenda de son patron. Son pied se prit dans le tapis. Son corps se pencha alors vers l'avant, elle battit des bras pour se retenir à quelque chose, mais il n'y avait aucun meuble à proximité. Elle se répandit sur le sol de façon comique. Le docteur se précipita à genoux auprès d'elle pour lui porter secours. Il constata avec soulagement qu'elle n'était pas blessée. La secrétaire rougissante se releva piteusement, et se confondit en excuses. Elle ramassa l'agenda qui avait suivi sa chute pour le confier au docteur.

– Ce n'est rien... Ce n'est pas de votre faute... Allez vous reposer à votre bureau. Vous reviendrez quand vous vous sentirez mieux.

– Merci docteur, elle quitta le bureau en boitillant.

La patiente regardait le médecin avec un sourire en coin.

– Vous ne pensez tout de même pas en être la cause ?

– J'en suis sûre, mais vous ne me croyez pas... N'est-ce pas ? répondit la jeune femme.

– Il va falloir planifier vos séances... fit-il en ignorant la remarque de sa patiente.

– Vous ne devriez pas mettre vos encyclopédies de psychologie sur l'étagère la plus haute...

Il leva les yeux vers sa bibliothèque, et assista stupéfait, à la chute de la pile de livres et de l'étagère avec.

– Oups ! fit la jeune femme ironique.

Le médecin ramassa les livres tombés à terre. Accroupi, il jeta par-dessus son épaule, un coup d'œil étonné vers sa patiente.

– Vous disiez, docteur ?

– Planifier vos séances... il hésita à poursuivre « l'étagère était trop chargée... »

– Sans doute ! Je ne suis pas une spécialiste en étagère...

– Et votre spécialité en l'occurrence, c'est quoi ? demanda Futay.

– L'influence, docteur, l'influence !

Il ne releva pas l'allusion. Il retourna s'asseoir à son bureau et prit des notes sur son agenda. Les pensées se bousculaient dans sa tête, il ne savait plus à quoi s'en tenir avec cette femme. Son côté rationnel, lui imposait calme et fermeté, tout ceci n'était à l'évidence, qu'une succession de coïncidences.

D'un autre côté, il sentait qu'elle commençait à avoir une emprise sur lui. Il se sentait mal à son aise. Élevé par une mère superstitieuse à laquelle il avait tenté de faire comprendre que ses croyances n'avaient aucun fondement, il essayait à présent de se souvenir ses enseignements : Comment faire fuir le mauvais œil ? Il songea même un court instant, téléphoner à sa vieille mère pour le lui demander.

– Votre cigarette se consume à votre bouche, vous allez vous brûler...

Il entrouvrit les lèvres pour lui répondre, laissant le mégot tomber sur sa cuisse et se brûla.

– Merde ! cria-t-il.

La cigarette avait fait un trou dans son pantalon de flanelle. Bon sang ! Il est bon à jeter pensa-t-il, exaspéré par sa maladresse.

– Je vous avais prévenu ! fit-elle comme une sale gosse.

– Je ne vous ai rien demandé, rétorqua-t-il désagréable.

– Vous semblez irrité...

– Non, je ne le suis pas... Je voudrais juste un peu de silence ! Je réfléchis simplement à la meilleure thérapie pour vous !

– Bien, je me tais...

Elle resta silencieuse quelques brefs instants, fouillant du regard chaque recoin du bureau.

– Il est beau ce tableau, au-dessus de ma tête, je l'ai remarqué dès que je suis entrée, très joli...

– Oui, c'est un...

Il n'eut pas le temps de terminer sa phrase, déjà le cadre tombait sur la tête de Mademoiselle Moineau. Le docteur Futay se leva d'un bond pour lui venir en aide.

– Vous allez bien ? Mademoiselle ? Ça va ? demanda-t-il inquiet.

Elle se frotta le haut du crâne en faisant la grimace.

– Oui, je crois. Heureusement, il n'est pas bien lourd !

– Je peux vous apporter quelque chose ? Un verre d'eau ? Une compresse ?

– Je veux bien un peu d'eau, oui, merci ! elle se massait toujours la tête.

L'homme ajouta d'un air navré « Je suis vraiment désolé... Il devait être mal fixé au mur... »

Il courut hors de son bureau et revint quelques minutes plus tard avec une serviette humide et un grand verre d'eau. Elle le remercia tout en plaçant la serviette sur son ecchymose. Elle avala d'un trait son verre puis le reposa sur le bureau. Le docteur se réinstalla à celui-ci en soupirant.

– Je vous avoue, mademoiselle Moineau que je ne sais plus quoi penser de tout ceci... Ce tableau était installé à cet endroit depuis des années et...

– Vous commencez à y croire ? fit-elle avec une lueur d'excitation dans les yeux.

– Je n'ai pas dit ça ! Je me pose des questions, je voudrais comprendre...

– Je dois arrêter de réfléchir... Arrêter de réfléchir... elle répétait cette phrase inlassablement en fermant les yeux.

– Que faites-vous ?

Le médecin l'observait ahuri. Il songea que la chute du tableau sur la tête de mademoiselle Moineau n'avait pas arrangé l'état de celle-ci.

– Je ne pense à rien... Je ne pense à rien...

Elle se malaxait nerveusement les mains en psalmodiant.

Elle rouvrit les yeux alors que le docteur enfournait dans sa bouche une boule de gomme, qu'il utilisait en général, pour repousser une furieuse envie de fumer.

Elle se raidit, les yeux écarquillés, les sourcils levés, la bouche béante en un « oh ! » Muet.

Quand il vit son expression paniquée, il eut instinctivement peur, tressaillit, avalant la boule de travers.

Celle-ci se coinça dans sa trachée, empêchant l'air de passer. Il suffoquait, rougissait, faisait des signes désespérés en montrant sa bouche puis il porta les mains à sa gorge. Son visage bleuit. La femme resta comme paralysée par cette vision. Il lui tendit une main suppliante. Elle ne fit aucun mouvement. Son visage figé de stupeur, pâle comme la mort. Futay tomba à la renverse sur son fauteuil, inconscient puis mourut dans un dernier soubresaut.

Alors qu'il sombrait dans le néant, une dernière pensée fusa comme une étoile filante « Maman avait raison pour le mauvais œil... »

LE SENS DE LA FAMILLE

Arthur n'en revenait pas, cette salope ne lui avait pas laissé un sou, rien ! Il était sa seule famille, tout de même ! Elle aurait dû lui laisser quelque chose, au lieu de cela, elle avait légué sa fortune à des œuvres de charité... Arthur n'était-il pas à lui tout seul, une œuvre de charité ?

Cette injustice le foutait en rogne, il tournait en rond dans sa chambre de bonne, cherchant un moyen de retourner la situation en sa faveur.

Soudain une idée lumineuse lui traversa l'esprit. Le notaire qui s'était occupé de la succession avait parlé de bijoux... La vieille tante avait spécifié dans son testament qu'ils devaient être mis en bière avec son auguste personne... La vieille bique était enterrée avec une fortune sur elle !

Arthur se lança dans la recherche effrénée de quelqu'un susceptible de lui prêter de l'argent... De quoi payer l'essence pour le voyage... Évidemment c'était un prêt qu'il rembourserait sans aucune difficulté. Il trouva un ami, une oreille compatissante qui accepta de lui donner la dite somme pour couvrir les frais de déplacements pour qu'il puisse aller se recueillir sur la tombe de sa pauvre vieille tante, Émilie Duval.

Au volant de sa vieille Citroën, il quitta Paris, tôt dans la matinée, pour être sûr d'arriver avant la fermeture du cimetière où reposait le corps de sa tante.

Le temps sur la route était maussade, il fixait avec intensité l'asphalte tout en dépensant mentalement cet argent qu'il convoitait tant.

Arrivé dans l'après midi dans le petit village où sa tante était enterrée, il se gara non loin du cimetière et attendit patiemment l'heure de la fermeture de celui-ci.

Au moment propice, Arthur s'y glissa sans bruit sans que le gardien ne remarque sa présence. Accroupi derrière une tombe près de l'entrée, il observa le gardien qui fermait le lourd portail de fer forgé. Celui-ci jeta un dernier coup d'œil à l'intérieur du cimetière puis s'en alla.

Après quelques instants, Arthur sortit de sa cachette. Il devait en premier lieu repérer la tombe de sa Tante Émilie. Arthur constata avec étonnement que le cimetière était très étendu pour un si petit village. Il réalisa très vite que des tombes très anciennes, du siècle dernier, s'y trouvaient. Des caveaux de riches familles, des tombes minuscules d'enfants emportés par la grippe, des soldats de la grande guerre. Les sépultures étaient bien entretenues, fleuries, les allées nettoyées. Les tombes anciennes et les plus récentes, se confondaient dans l'obscurité. En hiver il fait nuit très tôt, détail auquel n'avait pas songé Arthur. Il avait omis d'emporter une lampe torche ! Quel idiot, je fais, s'emporta-t-il contre lui-même. Heureusement qu'il fumait ! Un fumeur a toujours du feu sur lui. À la lueur de son briquet, il lut les inscriptions de chacune des tombes. Après de laborieuses recherches, il vit enfin le nom de sa tante.

Cette chère Émilie ! Sa tombe était énorme, en marbre rose. Sa dernière demeure était plus luxueuse que celle qu'elle occupait de son vivant. Tant d'années à économiser le moindre sou, pour plus tard...

Arthur déposa sa lourde besace sur le sol en gravier, s'accroupit et farfouilla à l'intérieur.

Il sortit un marteau, des pieds de biche, des barres d'acier puis pour finir un sandwich. Certains auraient trouvé incongru de pique-niquer une nuit d'hiver, au milieu d'un cimetière, mais le neveu mourrait de faim, de surcroît un long et pénible travail l'attendait.

Il mâchouilla son morceau de pain tout en observant la dalle de marbre. Il songea qu'elle devait peser très lourd, se demandant s'il pourrait la soulever tout seul. Il n'y avait qu'en essayant qu'il aurait la réponse. Son repas terminé, il s'essuya les mains sur son jean et se leva.

« Bon, au boulot ! » Il prit un burin, le positionna sous la dalle et commença à taper avec le marteau pour le faire pénétrer de quelques centimètres.

Il faisait un bruit de tous les diables. Chaque coup donné sur le burin résonnait dans les allées, se répercutant sur les pierres tombales alentours. Arthur était soulagé de savoir que le cimetière se trouvait à l'écart du village, dans le cas contraire, le bruit aurait ameuté toute la population.

Il réitéra l'opération avec un autre burin sur le côté gauche de la dalle. Quand ce fut terminé, il s'empara des pieds de biches. Il fallait qu'il fasse levier pour soulever la dalle.

Toutes ces manœuvres prirent des heures de labeurs. Arthur était éreinté, le souffle court, les doigts engourdis par le froid. Il continua de travailler poussé par sa cupidité. Il savait que les bijoux étaient là, à quelques mètres de ses mains, il fallait qu'il les ait.

La dalle commença à bouger, de quelques centimètres. Il poussa un petit cri de victoire. Il décida de prendre appui sur la dalle avec ses pieds pour entrouvrir la tombe un peu plus. Il devait la faire pivoter de côté pour avoir accès au cercueil.

Il positionna son pied droit contre la dalle puis le gauche fermement ancré sur le sol. Il gémissait à chaque effort. Encore une dernière poussée, se dit-il.

Il rassembla ses forces et appuya sur son pied droit qui glissa, se tordit, et finalement pénétra dans la tombe. Arthur avait le pied coincé. Il tira de toutes ses forces pour s'extirper de cette fâcheuse situation. Rien n'y fit, le pied était bel et bien bloqué dans la dernière demeure d'Émilie.

Il tenta d'attraper son sac en toile posé non loin afin de prendre son téléphone portable, mais il était trop éloigné de lui. Il eut beau s'étirer tel un chat, de tout son long, ses bras étaient trop courts.

Il réfléchit à sa situation. Il était tard dans la nuit, il faisait horriblement froid, il était seul, personne alentour pour entendre ses cris et comble de l'horreur, une partie de son corps était coincé dans une tombe avec un cadavre à l'intérieur.

Il ne put s'en empêcher, il hurla de toutes ses forces, la bouche ouverte comme un gouffre. L'air glacé pénétra ses poumons, il eut mal au point de cesser ses appels qui de toute manière ne servaient à rien.

Il essaya avec le burin qui était à sa portée de soulever la dalle, mais il ne réussit qu'à se blesser la main.

Éreinté, courbaturé, le corps glacé jusqu'à la moelle, il décida que la seule solution était d'attendre le gardien du cimetière.

Il aurait à s'expliquer et ne manquerait pas d'avoir de sérieux ennuis. La violation d'une sépulture, ce n'était pas rien mais Arthur avait le don pour se mettre dans des situations embarrassantes, il n'était donc pas inquiet à ce sujet.

Le plus ennuyeux dans cette histoire, songea-t-il, c'est que je vais perdre une occasion de me faire du fric !

Il serra ses bras autour de sa poitrine et se recroquevilla. Il tombait de fatigue et le sommeil le gagnait déjà, une dernière pensée afflua dans son cerveau engourdi"J'ai un pied dans la tombe..."Il sourit devant l'ironie de la situation.

L'ironie malheureusement pour Arthur, fut que cette nuit là, il gela en Auvergne à pierre fendre, une nuit de froid record, il n'avait pas fait une température aussi basse depuis trente ans. Il mourut sans douleur, en dormant, un pied dans la tombe.

LE VISAGE DE LA MORT

Blottie dans mon canapé, je regardais une série américaine débilitante au possible en me gavant de chocolat, quand on vint frapper à ma porte.

Exaspérée, je me dirigeai à pas traînants vers l'entrée. Qui pouvait bien oser me déranger dans un moment aussi important dans le déroulement de ma dépression nerveuse, l'occasion de perdre un neurone en prenant des kilos...

Ce visiteur impromptu martela une nouvelle fois, manifestement la visite était importante.

Je fus à peine surprise de la découvrir, même si on ne rencontre pas ce type de personnage à tous les coins de rues, ni même tous les jours...

Je la reconnus du premier coup d'œil.

Elle portait, effectivement, sa fameuse cape noire, son capuchon très ample retombant sur le haut de son regard. Pas de faux, pas de main osseuse, pas de voix d'outre-tombe mais c'était bien elle, magnifique et terrifiante à la fois.

La Mort, là, plantée devant ma porte.

« Tu me fais rentrer ou pas ? » Me demanda-t-elle.

« Il ne fait pas chaud dehors, on sera mieux à l'intérieur ! » Dis-je avec le plus grand sérieux.

« Pourquoi tu as peur que je m'enrhume ? »

« Ah ! Ah ! Très amusant... Bon, assez discuté, rentre ! »

Elle se dirigea vers mon salon puis se tournant vivement vers moi, elle m'interrogea d'un ton cassant :

« Tu n'as rien de mieux à faire de ta vie que de regarder ces conneries à la télé ? »

« Ben... Si, si... Des tonnes de trucs... Mais je ne suis pas dans mon assiette ces temps-ci... » Répondis-je sur la défensive.

« Mais bien sûr ! Une bonne excuse de plus ! »

Elle avait l'air en colère, dois-je préciser que ça fout les jetons quand la Mort est en rogne !

« Un peu de... Déprime, rien de grave... Tu es là pour ça ? »

« À ton avis ? » Elle croisa ses longs bras, figée au milieu de la pièce, attendant ma réponse.

Mon avis, comment ça mon avis ? Était-ce à moi d'avoir une opinion sur la question ! Elle est bonne celle-là ! J'étais tranquille à déprimer sur mon canapé, sans rien demander à personne, et la Mort vient interrompre un rare moment de déliquescence complet... Je vous jure, il y a des jours où on devrait rester couchée !

« Un café, une tasse de thé... Un truc chaud, quoi ! » Proposais-je avec gentillesse. Oui, c'est le mot, d'ailleurs pourquoi ne pas y mettre un peu du sien, après tout elle avait sûrement fait un sacré chemin pour venir jusqu'à moi.

« Un calva, peut-être... J'ai pas le droit en mission mais pour une fois ! »

La mort prit un siège, tapota ses doigts blancs contre le bois de la table, attendant son remontant, patiemment.

« Tiens ! Je vais m'en prendre un double, je crois que je me sens toute drôle ! » Dis-je avec un sourire forcé.

« Je comprends ! Y a de quoi ! Un toast ? »

« Bonne idée ! À quoi levons-nous nos verres ? »

« À la vie, à la mort ! »

Je l'attendais celle-là, quel humour ! Me dis-je.

« Si tu crois que j'ai des raisons de rire tous les jours ! »

« Tu... Vous... »

« Oui ! Dans les pensées ! Génial, n'est-ce pas ? »

Sa main pâle frôla la mienne, elle était glacée, cela va de soi. Je retirais la mienne, plus par réflexe que par peur ou dégoût, la Mort n'insista pas, elle se contenta de soupirer, résignée.

« Bon, parlons de choses sérieuses... Tu m'as appelé, non ? » Fit-elle en levant ses yeux vers moi, des yeux sérieux, interrogateurs, qui regardaient au plus profond de mon âme.

« C'est vrai, pourquoi te mentir ? »

« Ce serait en effet inutile... »

« Je t'ai appelée, jour et nuit, et tu ne venais pas, j'ai même pensé parfois venir à toi sans carton d'invitation. » Lui expliquais-je en regardant piteusement mon verre de calva.

« Je sais... Et me voilà ! »

« Oui. Je n'ai pas peur, tu sais ? »

« Tu n'as pas à avoir peur, tu as toujours su que je viendrais. C'est inévitable pour tous. »

« J'ai le temps de regarder la fin de mon film ? »

« Tu rigoles ? »

« Non, à moins qu'il y ait le câble là où nous allons ! »

« Le câble ! Il faudra que je la raconte aux autres, ton humour me tue ! Oh ! Excuse-moi... Vieille habitude ! »

Elle était ennuyée, je le ressentais, je l'étais aussi. Je ne savais plus ce que j'en pensais. La Mort était auprès de moi, à discuter de tout et de rien, à boire un calva, en attendant notre départ pour le grand voyage. Seulement, je n'étais plus très sûre de vouloir partir, d'autant que je suis souvent malade en voyage. Oh ! N'allez pas penser que j'avais peur ! Non ! À dire vrai, sa visite m'avait ouvert les yeux. Je voyais à présent les choses de façon différente. Mes incertitudes avaient disparu. J'étais rassurée, apaisée.

La Mort existait, oui, et elle avait visage humain. La raison qui avait fait que je l'avais appelée de tous mes vœux, avait disparue, puisqu'elle était là.

La Mort me contempla intensément et je lui rendis son regard. Elle se leva d'un bond, sa grande cape noire flottant autour d'elle, comme une cantatrice quittant la scène. Elle fit mine d'aller vers la porte d'entrée mais ralentit légèrement son pas.

Ma main toucha son épaule : « Tu t'en vas déjà ? »

Elle se retourna « Oui, il le faut... Il est trop tôt. »

« Tu sais... » Répondis-je les yeux pleins de larmes « Tu es en meilleure forme que la dernière fois que je t'ai vue ! »

Elle se mit à rire « C'est l'ironie de l'histoire ! »

Elle me prit dans ses bras, et toutes les raisons pour lesquelles j'avais eu envie de mourir disparurent, j'eus envie de vivre plus que jamais. Le désir d'exister parmi le monde des vivants reprit sa place dans mon cœur. Je la serrais aussi, très fort et lui chuchotai dans son capuchon :

« A bientôt, Maman… »

Si vous avez aimé ce livre, laissez un commentaire à l'auteur sur une des plateformes de téléchargement d'ebook, sur son site http://isabellebouvier.com ou par mail isabellebouvier@free.fr

ISABELLE BOUVIER
SUR LE WEB :

Mon avis t'intéresse
http://monavistinteresse.blogspot.fr
L'œil du Iboux
http://iboux.blogspot.com
Les E-books de Iboux
http://isabellebouvier.com

Du même auteur

Aux Editions La Bourdonnaye
Collection Pulp la série :
« Meurtres low cost »
[Ebook]
[Broché disponible en librairie]

le cimetière des éléphants
(Nouvelles auto-éditées) [Ebook]

Carnet de voyage d'un mort débutant
(Roman auto-édité) [Ebook]